LA SONRISA DE LOS PECES DE PIEDRA

1.ª edición: abril 2017

ISBN: 978-84-698-3336-0
Depósito legal: M-3633-2017
Impreso en España - Printed in Spain

Las normas ortográficas seguidas son las establecidas
por la Real Academia Española en la nueva *Ortografía
de la lengua española,* publicada en el año 2010.

Rosa Huertas

XIV PREMIO ANAYA
DE LITERATURA
INFANTIL Y JUVENIL

A mis compañeros y alumnos del IES Gran Capitán
que me han acogido con tanto cariño.

I. LOS MUERTOS NO COMEN PIPAS

Todo empezó por unas cáscaras de pipas, así, de la forma más absurda. Parece que los hechos extraordinarios en la vida vienen precedidos de un acontecimiento importante: un nacimiento, una muerte... Bueno, sí que hubo una muerte. El abuelo se había muerto la semana anterior y el abuelo era lo más parecido a un padre que yo había tenido nunca. Estaba muy mayor y llevaba meses fatal pero no por previsible nos resultó menos triste. «Por mucho que te lo esperes, nunca estás preparado para perder a un padre», decía mamá.

Habían pasado siete días y mi madre se empeñó en que la acompañase al cementerio el sábado por la mañana. ¡Nada menos que el sábado por la mañana! ¡Como si yo no tuviese otra cosa que hacer! Pero no me quedaba más remedio. Una madre, cuando recurre al chantaje emocional, se vuelve muy convincente.

—Por favor, hijo. Necesito que vengas conmigo. Va a ser muy duro para mí. No imaginas lo que es perder a un padre —insistía.

No, no lo podía imaginar porque nunca había tenido un padre. Siempre habíamos sido mamá y yo, solo mamá y yo. Y también el abuelo, aunque de otra manera. Hasta ese día, por culpa de las pipas. Si me hubiese negado a acompañarla, no habría ocurrido nada de lo que pasó después. Todo ese lío, esa angustia y, al mismo tiempo, esa emoción que no cambiaría por nada del mundo. Y todo por unas cáscaras de pipas.

—Se habrán secado las flores y las coronas que pusimos encima de la tumba del abuelo —decía ella—. Habrá que quitarlo todo y limpiar.

Mi madre y la limpieza. Es algo superior a sus fuerzas. Y a las mías. No puede ver nada fuera de su sitio, ni una mota de polvo y ni una mancha en el suelo y menos en la ropa. Es lo que peor llevo de vivir con ella y solo con ella: yo soy el único blanco vivo de su obsesión.

Aquel día, como casi siempre, tocaba limpiar.

Habíamos quedado en ir temprano al cementerio pero ella madrugó más, no quiso despertarme y salió de casa mientras yo dormía como un tronco. Cuando me levanté encontré una nota en la nevera y otra en el wasap: «Buenos días, me he adelantado. Ven a recogerme. Recuerda: pabellón dos». Pensé que le había faltado tiempo para irse a limpiar. Las prisas de mi madre me obligaron a salir de casa lo más rápido posible, casi sin desayunar. De todas formas, si no estaba ella, el desayuno se convertía en un trámite aburrido y acabé tomando cualquier cosa, de pie, en la cocina.

El cementerio de San Isidro me recibió tan solitario como era de esperar. Todo el mundo tiene algo mejor que hacer un sábado por la mañana que ir a visitar difuntos. De camino al pabellón dos, pude ver tumbas que parecían abandonadas desde hacía siglos, como si los descendientes de aquellos muertos también hubieran desaparecido o, simplemente, no quisieran acordase de ellos. Había otras llenas de flores de colores, la mayoría de plástico, y adornadas con tanto detalle que, seguramente, los familiares las visitaban cada poco tiempo.

Muertos con nombre y apellidos a los que no conocía.

Hasta que llegué a la entrada del pabellón dos. Desde lo alto se divisaban todas las lápidas, apiñadas cuesta abajo, y no tardé en localizar a la única persona viva que andaba por allí aquella mañana. Lo que me extrañó fue que mi madre no estaba delante de la tumba del abuelo, sino de otra situada más arriba.

Me acerqué sin hacer ruido y ella ni se enteró. Estaba de pie con los ojos cerrados, ante una lápida en la que aún había flores frescas.

—Este se debe de haber muerto hace poco —dije.

No sé por qué lo dije, fue como si pensara en alto. En ese momento se levantó una ráfaga de aire que hizo volar algunas hojas de las flores, que vinieron a caer a nuestros pies. Mi madre abrió los ojos, como si despertara de un sueño, pero no dijo nada. Solo suspiró y noté que temblaba. Su cara delataba que había llorado, demasiadas lágrimas en las últimas semanas, aunque sospechaba que las de esa mañana no tenían que ver con el abuelo Rafael.

Miré el nombre que aparecía en la placa, sobre la losa: Santiago Muñoz Gallardo. No lo había oído en mi vida. La fecha del fallecimiento correspondía a un mes atrás. Saqué la cuenta y aquel hombre tenía unos cuantos años más que mamá cuando murió. Supuse que sería algún amigo suyo de la infancia al que había perdido la pista.

—¿Lo conocías? —pregunté.

Entonces, se echó a llorar, más de lo que había llorado en el entierro del abuelo. Yo no entendía nada. La abracé para que se calmara, pero no tenía consuelo.

—¿Qué pasa? ¿Quién era?

Ella no hablaba, solo lloraba desconsoladamente. Entonces me fijé en otro detalle: la tumba estaba rodeada de cáscaras de pipas, como si alguien se hubiera sentado sobre ella y se hubiese pasado la mañana comiendo pipas, allí mismo, sin preocuparse por guardar las cáscaras. Desde luego, mi madre no había sido. Ni el muerto, tampoco. Pensé en el disgusto que se llevaría ella si alguien hiciera algo semejante sobre la lápida del abuelo. ¿A quién se le podía ocurrir?

—Es alguien que conocí hace tiempo —me dijo de pronto, más calmada—. Ayer me enteré de que había muerto y de que estaba enterrado en el mismo cementerio que tu abuelo. Solo he tenido que preguntar en las oficinas de la entrada y, fíjate, están en el mismo pabellón.

Luego me pidió que la acompañara ante la tumba del abuelo. Tardamos un buen rato en tirar las flores secas y en dejar reluciente la lápida de mármol gris, sin decirnos ni media palabra. Después nos dirigimos, igual de silenciosos, hacia la salida. Por lo menos, mamá había dejado de llorar y creí que había sido gracias a mí, a que yo la acompañaba. Los últimos meses, con el abuelo enfermo, habían sido duros para ella. Yo no podía imaginar lo que suponía perder a un padre pero, el simple hecho de pensar en que a ella le pasara algo, me producía una angustia tremenda.

Volvíamos agarrados del brazo. Ella con la mirada fija en el suelo y yo mirando el espectáculo del cementerio solitario. Cuando pasamos por delante de la tumba de Santiago Muñoz Garrido, vi cómo una lágrima resbalaba por su mejilla.

Durante el resto del fin de semana no pude concentrarme en el estudio. Me cuesta estudiar y cualquier excusa se puede convertir en un motivo para despistarme sin remedio. La muerte del abuelo nos había dejado descolocados a los dos. Preferí sentarme al teclado e improvisar. Cuando estoy mal me gusta componer, eso me libera. A otros les da por tocar la guitarra, como a mi amigo Dani; o por tumbarse a mirar al techo, como yo mismo hago muchas veces. Sin la música, yo sería mucho más desagradable. Con la música, aún se me puede aguantar.

Mi madre se instaló en el silencio y la melancolía; ella, que no para de hablar en ningún momento. Cuando era pequeño siempre andaba contándome historias que se inventaba para entretenerme. A veces parloteaba aunque supiera que no la escuchaba nadie: hablaba sola, como los locos. Decía que era mejor estar un poco chiflada que ser aburridamente normal. Supuse que echaría de menos al abuelo y también que se estaría acordando de aquel Santiago Muñoz Gallardo que tenía la tumba llena de cáscaras de pipas. Pasó la mañana del domingo encerrada en su cuarto y yo en el mío, como dos extraños bajo el mismo techo.

Por la tarde, harto de mirar al libro sin ningún resultado y después de haberme inventado una música melancólica, quedé con mis amigos para ensayar en casa de Dani, aprovechando que sus padres no estaban. De vez en cuando nos juntábamos para tocar los temas que componíamos Martín o yo. Dani era el que mejor cantaba, Sergio y Martín lo acompañaban con las guitarras, mientras que yo me encargaba del teclado o la batería. Aspirábamos a grabar alguna maqueta, aunque fuese para venderla entre amigos y conocidos.

—¿Has acabado ya de estudiar? —me preguntó mi madre cuando me vio salir de la habitación con la cazadora puesta.

—Sí, hace rato —mentí.

—Ya —dijo con un tono que revelaba claramente que no me había creído.

—He quedado con los colegas —le expliqué.

—Te iba a proponer que fuésemos al cine, pero imagino que preferirás quedar con ellos. Además, yo tengo que ponerme a preparar algo de comida para ti, para mañana que estoy de guardia y no te veré en todo el día —ella se lo decía todo.

Le di un beso y salí deprisa, antes de que me echase en cara que había estado aporreando las teclas del piano durante demasiado tiempo y antes de que me preguntase qué había estado estudiando, porque no habría sabido qué responder. Casi me dio pena dejarla en casa con su silencio, pero ninguno de los dos resultábamos una buena compañía para ese domingo por la tarde.

Tampoco me sirvió de mucho huir de casa. El ensayo fue un desastre: yo no atinaba una nota en su sitio, Sergio y Martín se mosquearon y acabamos tocando a nuestra bola, cada uno por su lado. Hasta que llegaron los padres de Dani y nos echaron de allí porque hacíamos demasiado ruido y ya habían recibido varias quejas de los vecinos.

—El próximo día ensayamos en tu casa —protestó Martín—. Cuando tu madre no esté.

Me callé porque al día siguiente ella tenía guardia en el hospital, pero yo prefería dedicarme a tocar sin compañía cuando volviese de clase y no arriesgarme a otro ensayo catastrófico con el grupo.

No olía a comida cuando llegué a casa, ni siquiera había luz en la cocina, estaba claro que mamá no se había pasado la tarde preparándome la cena. Solo se oía una música suave que provenía de su habitación. Me acerqué para comprobar que estaba sentada en la cama, en medio de la penumbra, con la funda de un vinilo entre las manos. Mamá conservaba un viejo tocadiscos que nunca encendía, una rareza de su época juvenil, según decía. No recordaba haberlo escuchado hasta ese momento.

«Me asomo a la ventana, eres la chica de ayer...».

Cantaba el solista del grupo, cuando ella se dio cuenta de que yo había entrado en el dormitorio.

—¡Ay! ¿Qué hora es? —preguntó como si acabara de despertarse.

Había llorado y su voz sonaba muy triste. Me senté junto a ella, que abrazó la funda del disco como si quisiera protegerla de mi vista. Nada peor para incitar mi curiosidad.

—¿Qué disco es este?

—Uno que tengo desde hace muchos años —contestó con un hilo de voz.

—¿Y por qué te ha dado por escucharlo esta noche? ¡Si yo pensaba que este trasto ya no funcionaba!

Logré arrebatarle el vinilo de las manos. Era un disco del grupo Nacha Pop y en la carátula se veía a los cuatro componentes con unas caras muy serias. Comprobé que, encima de la chaqueta roja del cantante, había escrita una dedicatoria:

A la chica de ayer, con amor: Santi y Manu.

Santi. Ahí estaba la clave de por qué sonaba aquella música y de por qué había llorado en el cementerio delante de una tumba que no era la de mi abuelo.

—Este Santi, ¿es Santiago Muñoz Gallardo? ¿El mismo que está enterrado en el cementerio de San Isidro?

Asintió con la cabeza porque no podía hablar, había vuelto a llorar a mares. La abracé para intentar que se calmara.

—¿Quién era, mamá? ¿Un amigo tuyo? —quise saber.

Tardó un rato en responder, como si estuviese pensando bien qué contestarme.

—Fue un hombre muy importante en mi vida —dijo, al fin.

—¿Un amigo?

—Mucho más que un amigo —suspiró—. Alguien tan importante que podría ser tu padre.

—¿Cómo dices?

No esperaba una afirmación semejante, el corazón me dio un vuelco, la agarré por los hombros y la miré fijamente.

—¿Estás de broma?

Lloraba a mares, así que no bromeaba.

Desde niño mi madre me había dicho que yo no tenía papá, sin más. Cuando tuve edad para entenderlo, me contó que fui concebido por inseminación artificial, por lo tanto era imposible saber a qué donante anónimo pertenecían los espermatozoides que habían dado lugar a mis cromosomas. Yo me lo había creído y me había conformado, durante dieciséis años. Y ahora me venía con que ese tal Santiago Muñoz podía ser mi padre. De pronto descubrí que mi madre sí tenía secretos para mí, algo que jamás hubiera sospechado. Y el secreto, en este caso, era tan enorme que amenazaba con aplastarme de la impresión.

—¡No me puedo creer lo que estás diciendo! ¿Qué quieres decir con eso de que podría ser mi padre?

No me miró, seguía llorando ajena a mis preguntas, como si no me hubiese escuchado.

—¿Quién era ese Santiago? —insistí en cuanto vi que se calmaba—. Creo que tengo derecho a saberlo.

—¿Derecho? —repitió con un tono de voz que no me gustó nada—. Y yo tengo derecho a permanecer en silencio.

—Eso es lo que dicen en las películas, mamá. No me tomes el pelo.

—Ahora no, por favor —suspiró como si se rindiera—. Primero mi padre, ahora Santi...

—Mamá, esto es muy serio —creo que me tembló la voz.

—Todavía eres un niño. No creo que comprendas...

—¿Un niño? —corté—. ¡Pero si tengo dieciséis años! ¿Cuándo piensas dejar de tratarme como a un bebé?

—Dame tiempo, Jaime —me pidió—. Te lo contaré todo. Tengo que hacerlo de una vez, pero hoy no.

—¿Me has estado engañando todo este tiempo? Por favor, mamá, esto no puede esperar. ¡Dime ahora mismo si ese hombre era mi padre y explícame por qué no me lo has contado antes! —grité.

Grité demasiado, de forma violenta, como si estuviese interrogando a un criminal y no a mi propia madre, pero mi desconcierto era tal que el deseo de saber se impuso a mis buenos modales.

Ella, asustada y dolida, se tapó la cara con las manos y su llanto se convirtió en desesperado y angustioso. Parecía que le iba a dar algo, ni cuando murió el abuelo la vi tan alterada, y me asusté. Volví a abrazarla y musité unas palabras de perdón en su oído.

—Lo siento —intenté tranquilizarla.

—Ahora no puedo —sollozó—. Antes tengo que...

Casi no podía hablar, las palabras se ahogaban en su garganta. Mi corazón estallaba: quería saberlo todo, ya; pero comprendí que no debía seguir presionándola en ese momento y, contra mi voluntad, guardé silencio.

Nunca había visto llorar a mi madre de esa manera y jamás pensé que la escucharía decir aquello de «podría ser tu padre». ¿Sería verdad que yo tenía un padre con nombre y apellidos? Sin duda, era la revelación más crucial de nuestras vidas y el hilo del que tirar había aparecido delante de la tumba de un desconocido. Sentí miedo, una especie de temor infantil a perder ese refugio íntimo y exclusivo que habíamos creado los dos. Ella siempre había procurado alejar de mí cualquier cosa que pudiera causarme dolor, incluidos los últimos días de vida del abuelo.

Quizá mi madre tuviese razón: en aquel momento yo todavía era un niño.

II. LA PAZ DE LOS SEPULCROS

Los chistes de Sergio y las tonterías de Dani y Martín no me hicieron olvidar que Santiago Muñoz Gallardo, fuera quien fuese, podría ser mi padre. Me resultaba imposible concentrarme en otra cosa. Caminamos los cuatro sin rumbo por las calles del barrio y, al pasar por la tienda del chino, que siempre estaba abierta, Martín entró sin decirnos nada y salió con dos bolsas gigantes de pipas.

—Venga tíos, coged —nos ofreció.

Pipas.

Empecé a comerlas sin dejar de pensar en aquella tumba rodeada de pipas. «¿Quién puede sentarse a comer pipas sobre una lápida?», me pregunté.

—Algún chiflado —contestó Martín a la pregunta que, sin darme cuenta, yo había pronunciado en voz alta—. Pudiendo comerlas tranquilamente en un banco... como este.

Nos sentamos los cuatro en un banco del parque, el mismo al que nos llevaban nuestras madres cuando teníamos tres años. Nos quedamos callados, solo se oía el crujido de las pipas que nos comíamos y el barullo de los niños que se tiraban por el tobogán.

—¿Os a acordáis del día que me hice la brecha? —preguntó Dani.

Ellos siguieron recordando el incidente pero yo escuchaba sus risas como si me llegasen desde muy lejos, porque solo deseaba saber quién era capaz de ir a un cementerio para sentarse a comer pipas sobre una lápida. Me respondí que seguramente se trataba de alguien que conocía bien al muerto, a ese Santiago que podría ser mi padre. Necesitaba respuestas verdaderas y no podía esperar a que mi madre se mostrase dispuesta a dármelas. Las pipas solo se comen en un sitio en el que estás tranquilo y con gente de confianza, como me encontraba yo en ese momento. No se me ocurriría hacer crac crac delante de la profe de Biología, por ejemplo. Tenía que descubrir quién dejaba cáscaras junto al cadáver de Santiago Muñoz Gallardo, porque ese adicto a las pipas sabría contestar a mis preguntas.

Decidí escaparme de clase al día siguiente y acercarme al cementerio para ver si descubría algo.

Tan resuelto estaba que no pensé en las escasas posibilidades de encontrar a alguien justo allí y precisamente a esa hora. Menos mal que no lo pensé. Las cosas más raras ocurren cuando menos te lo esperas.

Me largué antes de que empezara la última clase: no me sentía capaz de aguantar al Cenizo hablando de poetas muertos. El Cenizo era Samuel Soria, el profe de Lengua. Lo llamábamos así por varios motivos: era un fumador empedernido, siempre que podía se plantaba con su cigarrillo en la puerta del colegio, por eso olía a tabaco desde varios metros, y llevaba ceniza repartida por su vestimenta que casi siempre era gris. Se reía muy poco, nunca de las tonterías que decían algunos de mis compañeros, y el tono de su voz era grave, sobre todo cuando hablaba de literatura. Disfrutaba especialmente comentando la muerte de los escritores famosos: Larra se suicidó, Bécquer murió tuberculoso, Miguel Hernández en la cárcel, Lorca fusilado... Creo que era lo único que me sabía de esos autores.

No habría aguantado la charla del Cenizo porque no habría dejado de pensar en la tumba rodeada de cáscaras de pipas, la misma presencia del profesor me la habría recordado. Me escabullí antes de que entrase en clase y salí a la calle sin que me viese ni el conserje.

Solo tenía que cruzar la Ronda de Atocha y coger el autobús 34 que me dejaría a unos diez minutos de la entrada del cementerio.

Era una mañana soleada de primavera. En la puerta se indicaba que el cementerio cerraba a las tres. Entré por un camino flanqueado de cipreses, detrás se podían distinguir algunos panteones monumentales. La tumba del abuelo estaba más arriba, a la derecha, en el pabellón dos. ¿Cuántos pabellones tendría aquel cementerio? Ni siquiera sabía si era grande o pequeño. Pasé por delante de la casa del guarda y pensé que no debía de ser nada agradable vivir rodeado de muertos y mucho menos dormir con semejante compañía.

La mayoría de las tumbas eran antiquísimas, del siglo XIX o principios de XX. Las letras de los nombres, grabadas en la piedra ennegrecida, estaban desdibujadas y apenas se podía leer qué personas yacían debajo. Algunos mausoleos eran impresionantes: en la parte superior aparecía el apellido de la familia que reposaba dentro. Preferí no asomarme, ni siquiera acercarme demasiado. Se leían nombres de marqueses, duques, condes y gente con apellidos tan largos que casi no cabían en las lápidas.

En el pabellón dos no había ni un alma, quiero decir que no vi a ningún vivo por los alrededores y, afortunadamente, tampoco vi ningún muerto, todos estaban bajo tierra. Como el cementerio está en alto, sobre una colina, comprobé que desde allí se divisaba parte de la ciudad y, en especial, el estadio Vicente Calderón. Una lástima que mi abuelo no fuese del Atleti, ni siquiera le gustaba el fútbol, porque habría sido el lugar perfecto para descansar en paz.

Llegué hasta la tumba del abuelo y todo seguía como lo habíamos dejado unos días antes. Normal, ¿quién se iba a llevar aquel jarrón con flores de plástico? No sé por qué, me puse a contarle novedades como si pudiese escucharme.

—Mamá sigue un poco depre, pero ya ha vuelto a trabajar. Se puso a llorar cuando vio la tumba de un amigo suyo que está enterrado aquí al lado. Es una pena que no estés, quizá tú lo conocías... necesito saber quién es.

Me despedí como si esperase una respuesta y me acerqué a la tumba de Santiago Muñoz. Ahí seguían las cáscaras de pipas, yo juraría que había más, y un paquete de tabaco rubio arrugado. El acompañante del muerto también fumaba, porque el muerto seguro que no era. Como cabía esperar, allí no había nadie para contarme si aquel difunto era o no mi padre.

Con cierta aprensión decidí marcharme, pero los epitafios de las lápidas me entretenían todo el rato. Salí acelerando el paso, pero al llegar al camino central comprobé que los panteones más espectaculares quedaban en dirección contraria. Decidí no regresar a la salida sino adentrarme un poco más en el cementerio.

Aquello era como una ciudad: la ciudad de los muertos. En las lápidas más antiguas se podía leer la profesión del fallecido. Había generales, arquitectos, abogados, fiscales... ¿Para qué poner tu curriculum cuando ya no te hace falta para nada? Llegué a otra zona en la que había nichos bajo unos soportales, no podía parar de leer nombres propios y temí acabar leyendo el mío entre aquella inmensidad de apellidos. Me percaté de que no llevaba el móvil y no sabía qué hora era. Había perdido la noción de tiempo y también del espacio. Me encontraba en un lugar extraño, ajeno a la vida cotidiana, pero sin salir de mi propia ciudad y a escasos veinte minutos del colegio cogiendo el bus 34. ¿Cuánto rato llevaba allí? ¿Sabría encontrar de nuevo la salida? Mi sentido de la orientación es nefasto y temí perderme entre aquel laberinto de sepulcros.

De pronto escuché el sonido inconfundible de una pala de sepulturero, el mismo que había escuchado semanas atrás en el entierro del abuelo. Se me pusieron los pelos de punta. ¿Estarían removiendo alguna tumba? Prefería no saberlo.

Las palomas hacían un ruido que me pareció siniestro, era como el que se oía por el patio de mi casa, donde tienen un montón de nidos, pero allí sonaba diferente. Era como un lamento, como una voz que no puede hablar, como el aullido de los muertos. Tenía que salir del cementerio antes de que cualquier otro ruido me diese un susto de infarto.

Casi inconscientemente, volví a acercarme al pabellón dos antes de escapar. No tenía intención de pasar entre las tumbas otra vez, solo de asomarme desde lo alto.

Lo que vi me sobresaltó.

Sobre la lápida de Santiago Muñoz había alguien sentado. Ahí estaba la persona que comía pipas, de espaldas a mí. Era una mujer, parecía joven aunque desde donde me encontraba solo podía ver que era delgada y llevaba el cabello rizado recogido con una coleta.

Bajé casi corriendo, como si temiera que la imagen de la chica se pudiera desvanecer o fuese un espejismo de cementerio. Si en los desiertos se podían ver reflejos que no existían, seguro que en un cementerio mucho más.

Cuando me encontraba tan cerca que ella podría escuchar mis pasos, me detuve. Si aparecía de improviso la asustaría, así que empecé a caminar despacio pero haciendo ruido con los pies para que me oyera llegar. Hasta que me planté delante de ella.

Era una chica de mi edad y no comía pipas. Se encontraba sentada con las piernas cruzadas sobre la lápida y tenía la cabeza baja. Parecía una estatua, como las muchas que adornaban las tumbas del cementerio: una escultura triste de expresión ausente, llorando sobre el nombre de alguien que podría ser mi padre.

De pronto, ella se dio cuenta de que yo estaba a su lado y levantó la vista para mirarme con los ojos más grandes y más azules que yo había visto en mi vida, pero no dijo nada. La situación era ridícula: dos extraños mirándose en un cementerio, rodeados de muertos silenciosos.

—¡Hola! —saludé tímidamente.

Ella no respondió y yo empecé a hablar como si me hubiesen dado cuerda:

—He venido a visitar la tumba de mi abuelo, se murió hace unas semanas. Mi madre me encargó que le trajera unas flores, ella no podía venir hoy porque está de guardia, es enfermera. Me he dado un paseo por el cementerio, es viejo ¿verdad? Aquí los muertos tienen casi doscientos años.

Me arrepentí de la última frase pero ya no tenía remedio, no podía borrarla ni hacer como si no la hubiese pronunciado.

—Quiero decir... —balbucí— la mayoría. Mi abuelo no, ni este señor... —no me atrevía a leer el nombre escrito en la parte inferior de la lápida.

—Santiago Muñoz Gallardo —dijo ella de pronto con la voz más dulce que había escuchado en mi vida. Parecía la voz de un ángel que sonaba solo para mí.

—¿Quién era? —me atreví a preguntar.

—Santiago Muñoz Gallardo era mi padre —respondió.

III. ¿SON ROMÁNTICOS LOS CEMENTERIOS?

Sentí que un montón de cables se cruzaban en mi cabeza, fue como una descarga y tuve la impresión de que saltaban chispas por encima de mi pelo. Aquella chica de los ojos azules podía ser mi hermana. El corazón me latía tan fuerte que temí que retumbara en el silencio del cementerio. Había acudido allí con la esperanza remota de encontrar a alguien que comiera pipas y acababa de tropezarme con la persona que podría darme todas las respuestas.

—Lo siento —tartamudeé.

Ella metió la mano en un bolsillo y sacando una bolsa de pipas se desplazó hacia un lado, dejando media lápida libre.

—¿Quieres? —me ofreció—. Siéntate un rato aquí conmigo, hay una vista estupenda. Si no te da miedo...

Me daba más agobio que miedo eso de poner el trasero encima de la tumba de «su padre, quizá también el mío», pero acepté los dos ofrecimientos y enseguida me vi subido en el mármol, con el pulso acelerado, y comiendo pipas en compañía de mi posible recién conocida hermana.

—Hay una vista preciosa de Madrid desde aquí —comentó—. Fíjate, se ve la cúpula de San Francisco el Grande, la zona del río... A mi padre le encantaría este sitio: ver su ciudad, con lo que le gustaba Madrid. Decía que era la única ciudad de Europa que nunca dormía. No sé si exageraba.

—La tumba de mi abuelo está más abajo, a la izquierda, desde allí se ve el estadio.

—Tampoco está mal la vista —aseguró.

Nos quedamos un rato en silencio, ni siquiera se escuchaba el rumor lejano del tráfico, como si aquel Madrid que mirábamos por encima de las cruces del cementerio no fuese más que un decorado. Mi corazón se fue acompasando y solo se oía el chasquido de las pipas al pelarlas y el ruido incesante de las palomas. ¿Cómo se llamaba ese ruido? No era capaz de recordarlo.

Empecé a pensar en una música apropiada para aquel momento, una banda sonora para dos en un cementerio. Cuando llegase a casa intentaría tocarla al piano. Sería una música melancólica, empezaría con una melodía lúgubre: el cementerio, las campanas, el viento... Luego iría tomando vida, tras la aparición de ella.

No podía desaprovechar aquella oportunidad, debía hablar, preguntarle por su padre, pero no sabía cómo empezar. Tenía que ser discreto, nada de «¿sabes que podríamos ser hermanos?». Ni frases semejantes.

—¿Por qué vienes aquí a comer pipas? —solté al fin. Era una forma de romper el hielo.

—A él le gustaban mucho. Siempre comíamos pipas juntos.

—¿Y ese paquete de tabaco? —pregunté señalándolo.

—No fue capaz de dejar de fumar. Eso lo mató.

La última frase se quebró en su garganta, como si fuese a echarse a llorar. Tentado estuve de abrazarla, me habría encantado hacerlo, de hecho me he aprovechado varias veces de esas situaciones: la chica llora y yo la abrazo para consolarla. Pero estaba tan nervioso que pensé que me pondría a temblar si la tocaba.

—Ayer me puse a fumar aquí, encima de su tumba —siguió—. Estaba muy enfadada por lo que me había hecho. Dejarme sin padre con diecisiete años es una putada. No me gusta fumar pero lo hice para fastidiarle. Hasta que me di cuenta de que a él ya le daba todo igual y además, el cigarrillo ese estaba malísimo.

Diecisiete años, uno más que yo. ¿Cómo era posible que aquel hombre hubiera tenido dos hijos con dos mujeres diferentes casi al mismo tiempo? Si era así, el tipo podía ser un auténtico impresentable. Mejor que la chica no supiera nada.

Un par de lagrimones empezaron a resbalar por su cara. Estaba guapísima, nunca había visto a una chica que le sentase bien llorar. Aquella era la excepción a casi todo.

—¿Tú fumas? —preguntó mientras se limpiaba los ojos con la manga de la sudadera.

—De vez en cuando —confesé—. El sábado, cuando vamos de botellón siempre acabo echando alguna calada.

—Está asqueroso —dijo convencida—. Mi padre no quería que yo fumara, se enfadaba mucho cuando le decía que iba a probarlo. Pero él no era capaz de dejarlo.

—Mejor sigue con las pipas. ¿Has venido muchas veces? —quise saber.

—Vengo casi todos los días. Es lo único que me calma —aseguró—. Pensarás que estoy loca. Casi no he hecho otra cosa desde que murió, me paso la vida aquí, con él.

—Él no está aquí. Lo sabes ¿verdad?

Me arrepentí de mi crueldad, no quería estropear la confianza que se estaba creando y quizá me había pasado de borde. Ella me miró con la mirada más triste que había visto en mi vida y temí que me empujase fuera de la lápida.

—Se está bien aquí —aseguró sin dejar de mirarme.

—¿En un cementerio?

Mi pregunta sonó como si me estuviese burlando de ella. En fin, me estaba luciendo. Giró la cabeza con cierto desprecio, como si yo no fuese capaz de entender sus motivos. Era verdad, no los entendía.

—Hay una paz y un silencio... como en ningún otro sitio. Hay buenas vistas, nadie te molesta... bueno, hasta que llegaste tú.

Noté un cierto fastidio en el tono. Decididamente, la estaba cagando.

—Tienes razón —concedí—. He venido a estropearte el plan.

La chica se quedó mirando al frente, sin decir nada. Yo imité su gesto. En la tumba que teníamos delante había una enorme cruz de piedra y en uno de los lados descubrí una telaraña gigante que llevaría tejiéndose más de un siglo. Los descendientes de aquel muerto estarían tan muertos como él, seguro.

—Si vienes todos los días evitarás que le salgan telarañas a la tumba —no pude evitar hablar para seguir estropeándolo. Pensé que, después de aquello, me daría una patada.

—Este cementerio es genial, ¿no te has dado cuenta? —soltó.

—Sinceramente, no. Bueno, es como una ciudad pero de muertos —me atreví a decir.

—¡Eso es! La ciudad definitiva. Esta gente lleva mucho más tiempo aquí que en la ciudad que tenemos delante. Todos acabaremos en un lugar como este y para siempre. Algunos demasiado jóvenes para merecerlo...

Era siniestro lo que decía con esa voz tan suave y mirándome con esos ojos tan azules.

—¿No crees que es mejor no adelantar acontecimientos? —insistí—. Ya tendremos tiempo de disfrutar de este paisaje.

—Este cementerio es muy romántico —aseguró.

—¿Estás de coña? ¿Cómo va a ser romántico? No me imagino a una pareja de novios paseando de la mano entre los nichos.

—Eso es cursi, no romántico. No tienes ni idea de lo que quiere decir romántico. ¿Vamos a dar un paseo? —propuso.

De estar tanto tiempo sobre el mármol en aquella postura, se me había dormido una pierna y me incorporé cojeando. Sin embargo, ella parecía estar acostumbrada a pasar largo rato sentada, porque saltó de la lápida como un resorte y echó a andar cuesta arriba hacia la zona central del cementerio.

—Me gusta el zureo de las palomas —dijo.

—¡Eso, zureo! —exclamé—. Llevo todo el rato intentando acordarme de cómo se llama ese ruido. Parece el aullido de los muertos.

—¡Anda, no seas cenizo!

Me acordé del profe de Lengua y de la clase que me había saltado. Mi madre acabaría enterándose y me echarían una buena bronca pero no me habría perdido aquel encuentro por nada del mundo, aunque aquella chica estuviese un poco loca.

—¿Cómo te llamas?

—Ángela, ¿y tú?

—Jaime.

—¡Vaya, como mi padre! —exclamó.

IV. LA JOVEN QUE DIBUJABA SOBRE LAS LÁPIDAS

Me detuve en seco en medio de una fila de tumbas: que me relacionara con su padre me causó más impresión que si hubiese visto un muerto viviente. Podía ser una pista que me acercase a la verdad: quizá mi madre me había puesto el mismo nombre que llevaba mi padre. Tenía razón Ángela: Jaime y Santiago eran dos versiones de un mismo nombre. Ella no supo interpretar mi gesto y se quedó mirándome muy seria, mientas yo seguía más petrificado que las lápidas que me rodeaban.

—Venga, no te pares ahí o nos cerrarán el cementerio.

La idea de quedarme encerrado entre muertos me produjo tal escalofrío que me devolvió la movilidad.

—Mi hermano se llama Jacobo, que también es igual que Santiago y que Jaime —añadió.

La información me habría convertido en estatua si mis ganas de salir de allí no hubieran sido mayores que la sorpresa de descubrir que también tenía un posible hermano. Mi mundo estaba cambiando a la velocidad de la luz.

—¿Cuántos años tiene? —quise saber.

—Es menor que yo. Cumplirá once el mes que viene. Una putada quedarse huérfano de padre a esa edad.

Salimos del pabellón dos y Ángela giró hacia la izquierda, en lugar de hacia la salida. Quise decirle que se equivocaba pero ella habló antes.

—Tienes que conocer este cementerio, es espectacular —aseguró.

—Y romántico ¿no?

—Pero no en el sentido que tú crees. Los románticos que yo digo vivieron en el siglo XIX. ¿No lo has estudiado en Lengua?

Volví a acordarme del Cenizo. Sí, algo nos había contado pero yo no me lo había estudiado.

—Larra, Bécquer, Espronceda... —dijo ella.

—¡Ah! El que se suicidó, el que murió tuberculoso... —recordé.

—¿Eso es todo lo que sabes?

Encogí los hombros, la verdad era que la literatura me interesaba bien poco.

—Los románticos eran unos inconformistas, se rebelaban ante las normas —me explicó—. A algunos les gustaban los cementerios, las ruinas y lo oscuro porque para ellos la vida era dolor. Muchos vivieron una vida atormentada en busca de un sueño imposible. La muerte se convertía para ellos en una liberación.

Seguramente el Cenizo se identificaba con los románticos, no pensaba preguntárselo. Sin embargo, escuchar a Ángela hablar de escritores muertos tenía mucha más gracia.

—A los románticos la muerte les atrae y al mismo tiempo la temen —siguió—. Como yo, que he llegado a encontrarme mejor aquí que en mi propia casa.

Caminando entre tumbas y cipreses llegamos ante un panteón presidido por unas esculturas fantasmagóricas:

unos ángeles con caras desencajadas que ascendían como llamas hacia el cielo. Era el mausoleo de una condesa. De noche o un día de tormenta debía de dar mucho miedo, afortunadamente la mañana seguía siendo luminosa.

—Mira este otro monumento. ¡Es impresionante! —señaló.

Un enorme sarcófago colgaba de cuatro gruesas cadenas sujetadas por ángeles. En la parte superior aparecía Dios.

—No entiendo para qué tanta escultura. Al muerto le va a dar igual.

—Pero a los vivos no. Aquí estamos los dos boquiabiertos mirando este monumento. Será un mensaje para los que miramos: si estás vivo nunca parezcas de piedra. Eso decía mi padre.

—¿Qué más decía tu padre? —era lo que más me interesaba saber. Su padre, quizá también el mío.

—Eso, que no había que ser de piedra, como los peces.

—Los peces no son de piedra —solté, extrañado.

—Eso le decía yo, pero nunca llegó a explicármelo. Se reía. Me prometió que algún día me lo contaría, pero no llegó a cumplir su promesa. Creo que era una tontería que se había inventado y no tenía ninguna explicación.

Apunté mentalmente: «si estás vivo nunca parezcas de piedra». Eso decía su padre, o el de los dos.

Conforme caminábamos, yo iba notando una curiosa sensación de paz. El silencio, la tranquilidad, la luz de primavera y sobre todo la voz de Ángela me hacían sentir en otro mundo. En realidad, aquel cementerio era el otro mundo y me parecía diferente al que había contemplado, sin la compañía de aquella chica, unos minutos antes.

—Me ha venido bien encontrarte —reconoció—. Llevo muchos días aquí refugiada y no había hablado con nadie vivo.

—Yo también me alegro —confesé—. Nunca habría sido capaz de ver el lado bueno de un cementerio y el caso es que tienes razón en algo: se respira paz. Sobre todo si te olvidas de que estás rodeado de esqueletos.

Llegamos a la altura de una fila de nichos de mármol, tan animado estaba que le propuse acercarnos para verlos mejor. Sin embargo, ella aceleró el paso como si no deseara detenerse.

—Se nos está haciendo tarde —pretextó—. No te gustaría quedarte encerrado aquí, ¿verdad?

—Y a ti, ¿te gustaría?

—Toda la noche sería demasiado; pero sí un rato, cuando ya no hay luz. Una noche de luna llena, por ejemplo. Tiene que ser impresionante.

«Estás loca» iba a decir, pero me callé.

—¿No hay que dar la vuelta ya? —pregunté, preocupado. No hacíamos más que avanzar en dirección contraria a la salida.

—¿No te has dado cuenta de que vamos girando? El cementerio es circular. Estamos muy cerca de la salida, donde está la parte más romántica de este cementerio. Es ahí mismo.

Nos asomamos a una zona que se encontraba cerrada con una valla. Abajo todo eran ruinas. Se veía, en el centro, una capilla pequeña y alrededor tumbas abandonadas, hierros retorcidos y lápidas rotas.

—A los románticos les gustaban las ruinas y los cementerios y aquí lo tenemos todo junto.

—¡Qué tipos más raros estos románticos!

—Cada artista se inspira en lo que le apetece —aseguró.

—Para componer me inspira más la soledad de mi cuarto —dije sin pensar.

—¿Eres músico? —preguntó emocionada.

—Bueno... compongo canciones con el teclado y tengo un grupo con unos amigos.

—Yo dibujo. ¡Es genial! Los artistas tenemos un punto chiflado que nos identifica y nos une.

Quizá tuviese razón, podía ser ese punto loco de la creatividad lo que nos hubiese hecho congeniar, o la fuerza de la sangre de dos hermanos que se encuentran por vez primera sin saberlo.

—¿Tu padre también lo era? —había llegado el momento de investigar, para eso me había escapado de la clase de Lengua.

—Sí —afirmó cabizbaja—. Era fotógrafo pero también dibujaba. Él me enseñó.

—¡Qué suerte! —exclamé con cierta envidia.

Me habría gustado tener un padre con quien compartir aficiones o que me enseñase algo interesante. Aunque no me podía quejar: mi madre había intentado suplir esa carencia y vivía pendiente de mí.

—Ven —ordenó Ángela.

Se dirigió a una de las tumbas cercanas y se sentó sobre ella. Abrió la mochila y sacó un cuaderno. Yo me quedé de pie, contemplándola.

—Siéntate aquí —volvió a mandar.

Miré la lápida, aquel muerto debió de ser el primero que enterraron en el cementerio de San Isidro. La piedra gris estaba tan desgastada que no se distinguían las letras. Presidía la tumba un monumento con la cabeza del muerto: un señor con bigote sacado del túnel del tiempo. Imposible saber el nombre de aquel tipo tan serio.

—A él no le importará —continuó para animarme—. Debe de llevar más de un siglo aquí solo. Estoy segura de que él también era un artista: mira, hay una lira y notas musicales en la escultura.

—¿Quién sería? —pregunté al tiempo que me sentaba a su lado.

—Vete a saber. Alguien importante, seguro. Algún músico. Mira, he hecho unos cuantos dibujos de este sitio.

Abrió el cuaderno y me los fue enseñando. Eran muy buenos aunque todos fueran de lápidas, panteones y monumentos funerarios. Me di cuenta de que en la esquina inferior derecha de cada lámina aparecía dibujado un pez. Uno de los mejores representaba la zona abandonada que acabábamos de ver y había otro de la tumba de Santiago Muñoz. Aproveché la circunstancia para comenzar a indagar.

—¿Cómo era tu padre?

Los ojos azules de Ángela se iluminaron. No estaba bien hacer esas preguntas, pero era lo que yo había ido a averiguar siguiendo una pista de cáscaras de pipas.

—Si no quieres contarme... —dije contra mis propios intereses.

—Yo le adoraba. Era divertido, cariñoso, inteligente, valiente... me he pasado la vida echándole de menos, y lo que me queda. Viajaba mucho y no nos veía tanto como yo habría querido. Sabía escuchar, como tú.

—¿Cómo yo?

—Sí. También era alto y tenía el pelo así, muy claro y liso como tú. Antes de que le salieran las canas.

—¿Nos parecemos? —me atreví a preguntar con la voz temblorosa.

—¡Eh! —una voz adulta nos sobresaltó—. Vamos a cerrar, hay que ir saliendo.

Era uno de los guardas, que debió de flipar al vernos allí charlando tan animadamente sobre la tumba del músico desconocido. Bajamos silenciosos el camino de los cipreses, tenía que pensar algo antes de llegar a la salida para que ella no desapareciera sin dejar rastro.

—¿Quedamos otro día? —me atreví a decir a pocos metros de la puerta.

—Si quieres venir... Aquí estaré.

Antes de que me diese tiempo a contestar salió corriendo cuesta abajo por el Paseo de la Ermita del Santo y no se detuvo a pesar de que la llamé varias veces e intenté correr a la misma velocidad. Acabó cruzando a la acera contraria justo antes de que el semáforo en rojo me impidiera perseguirla.

—¡Mierda!

La vi alejarse, ni siquiera se giró.

V. LA CHICA DE AYER

Querido Jaime:

No sé por dónde empezar a contarte todo esto. Pensé que nunca tendría que hacerlo, que las explicaciones que te he dado hasta ahora serían suficientes, pero lo que pasó ayer me ha convencido de que mereces saber la verdad. Te miro y sigo viendo a un niño, no me doy cuenta de que te estás convirtiendo en un adulto más deprisa de lo que yo quisiera. Confío en que tengas la madurez suficiente como para comprender lo que voy a revelarte.

Quise ser madre sin impedimentos, convertirme en tu único referente, borrar cualquier huella de tu padre y te hice creer que ni yo misma conocía su nombre. Una noticia inesperada ha removido la capa de silencio que había instalado sobre la realidad.

El problema que se presenta ahora ante mí, incuestionable y frío, es cómo relatarte aquello que jamás habría querido confesar. Sé que acabarás entendiendo mis motivos, pero también sé que no debo decirte sin más el nombre de tu progenitor sin explicarte antes cuál fue nuestra historia y qué me llevó a elegirlo como el padre de mi único hijo: tú.

Muchas veces, la vida no resulta como habíamos previsto y tomamos decisiones que creemos acertadas, pero nos conducen a un sendero oscuro que jamás habríamos deseado pisar. Nunca he decidido a la ligera, al menos en mi madurez, por eso siento que no me *he equivocado sino que he sido consecuente con mis sueños y mis deseos, aunque no haya podido desterrar una inquietante sensación de culpabilidad. Yo te deseaba a ti, más que a nada en el mundo, por eso no reniego de lo que ocurrió.*

Lo que ocurrió, empezó a pasar hace décadas, cuando yo tenía unos pocos años más de los que tú tienes ahora. Hago memoria y me parece que todo aquello le pasó a otra persona, distinta de la que soy, en un tiempo imposible, fuera de la realidad, y en una ciudad que nunca existió.

Recuerdo aquellos años como en una nebulosa, será por el humo de los cigarros que continuamente consumíamos. Siempre te he insistido en los riesgos del tabaco, a pesar de ello, sospecho que fumas a mis espaldas. Los hijos tendemos a hacer lo contrario de lo que nos dicen nuestros padres. Yo también lo hice. Fumé muchísimo, igual que lo hacían todos, igual que lo hacía Santi la noche que lo conocí, en 1981.

Fue un tiempo de cambios, de inconsciencia. Salíamos de una dictadura y pensábamos que la democracia acabaría con todos nuestros problemas. Se había acabado el miedo: ya no nos asustaban los guardias, ni temíamos a nuestros padres ni al ridículo ni al pecado. Éramos gente diversa que coincidimos en una ciudad en explosión: pensábamos que Madrid era el centro del universo, la ciudad que no dormía nunca. Quizá hayas oído hablar de esa etapa como la época de «la movida madrileña». Unos la han mitificado, otros hablan de los excesos y la degeneración que inundaban las calles. Yo solo puedo contar lo que viví. ¡Ahora parece tan lejano! En el fondo solo fuimos unos inconscientes: todo nos parecía verdad, todo estaba a nuestros pies y éramos libres como nunca lo habíamos sido. No había censura y las noches estaban llenas de gente y de luz.

Me pregunto qué queda de aquello: ya no existe nada. Solo una ciudad con resaca desde hace años. Ya no estamos a la vanguardia del mundo, quizá entonces tampoco lo estuvimos. Últimamente Madrid solo me parece una ciudad sucia y maloliente y me da tanta pena como si estuviese viendo la decrepitud de alguien a quien amé. Yo amaba esta ciudad, aún la amo, porque en ella me ha pasado lo mejor y he sido capaz de sobrevivir a lo peor.

Eran tiempos de libertad: no era raro que los hombres se pintasen y las mujeres se disfrazaran de hombres. Tal vez solo fue una inmensa mentira que nos creímos. Más tarde descubrimos que escondía un terrible lado oscuro, porque esta movida mató a muchos y dejó enganchados a bastantes más. La gente estaba descubriendo las drogas, sin conocer en absoluto las consecuencias, sin querer verlas. Algunos se percataron demasiado tarde, cuando ya su vida no tenía remedio.

Fue entonces, en esos años de luces y sombras, cuando conocí a Santiago.

Yo vivía cerca de Malasaña, el barrio de moda, y aquello me daba aún más alas y más motivos para escapar, para huir de mí misma cada noche. Mi casa estaba a espaldas de la plaza de Barceló, en la calle Apodaca. Era un piso grande y frío, con un pasillo larguísimo, que tú no llegaste a conocer.

Mi mayoría de edad comenzó con un suceso terrible que marcó mi juventud: perdí a mi madre. De pronto me sentí desamparada a mis dieciocho años, en una familia truncada en la que solo había hombres: mi padre y mis dos hermanos mayores no tenían ni idea de mi sufrimiento, al menos eso pensaba yo. Dejé de estudiar porque todo me parecía inútil y me refugié en la frivolidad. Pasaba las noches en los bares de moda, escuchando música, bebiendo, fumando y hablando a gritos con gente que no conocía de nada, distinta cada día. Mi padre no sabía negarme el dinero para mis diversiones y yo ni siquiera se lo reconocía. Ahora, que él ya no está, me doy cuenta de que nunca le di las gracias por haber soportado a aquella joven rebelde y despectiva que aparecía por casa de madrugada y se pasaba durmiendo casi todo el día sin hacer caso de nada ni de nadie. Mi hermano mayor intentó hablar alguna vez conmigo, a instancias de mi padre, supongo, pero no me digné a escucharlo.

«Solo se vive una vez», decía todo el mundo y me decía a mí misma. Y creía que vivir no era más que salir cada noche a cumplir los mismos rituales de alcohol y vacío. Hasta que apareció Santiago para darle la vuelta a mi destino.

Una noche me encontraba en La Vía Láctea, uno de los locales míticos de la movida, mi lugar favorito para comenzar y acabar la noche, que solía empezar sola pero casi siempre acababa bebiendo acompañada. Sonaba una canción de Nacha Pop, lo recuerdo perfectamente, era La chica de ayer. *Yo apuraba mi segundo cubata y a mi lado alguien fumaba hachís. El humo penetraba por mi nariz hasta los pulmones y noté los efectos del porro que fumaba el tipo que tenía detrás. Empecé a sentirme eufórica, la música que sonaba me parecía compuesta para mí: yo era esa chica de ayer que cantaba Nacha Pop, y me puse a bailar sola con los ojos cerrados hasta que sentí un cuerpo contra el mío. Tropecé con alguien y abrí los ojos.*

—¡Vaya con la chica de ayer! —me dijo acercándose mucho para que lo oyera.

Me miró con los ojos más azules que he visto jamás y sonrió antes de beber un trago del cubata que llevaba en la mano. Era unos años mayor que yo. En aquellos años convivíamos en los mismos locales gente de edades muy diversas, por eso no me extrañó ver a un casi treintañero en La Vía Láctea, donde también había cuarentones y semiadolescentes como yo. Todos queríamos vivir aquel momento que creíamos único y hermoso, ajenos por completo a las fisuras que en realidad poseía.

—¡Soy la chica de hoy! —le respondí, siguiendo la broma.

—Y también la de ayer —susurró en mi oído—. Has venido los dos días. Te he visto por aquí.

Sus palabras y su aliento en mi oído me estremecieron. Aquellos ojos infinitamente azules llevaban al menos dos días observándome.

—Soy Julia —me presenté.

—Yo, Santi —dijo al tiempo que me daba los dos besos de rigor que acompañaban siempre a las presentaciones—. Bailas muy bien.

La música sonaba muy fuerte y obligaba a hablar a gritos o a pegar la boca al oído del interlocutor. Yo solo le escuchaba a él y de fondo, allá lejos, la canción de Nacha Pop. Mis labios rozaban su mejilla y la euforia provocada por el par de copas que me había bebido y el humo que flotaba en el local se fue transformando en una especie de sopor somnoliento que me obligó a apoyarme en su brazo para no caerme.

—¿Por qué no nos vamos de aquí? —me preguntó—. Parece que te estás mareando y yo prefiero no seguir gritando para hablar contigo.

Me agarró con delicadeza por la cintura y yo me dejé llevar, como trasportada por encima del suelo, casi flotando. En dos segundos nos encontramos fuera del local y una bocanada de aire fresco me devolvió a la realidad. Respiré hondo y mis pulmones soltaron parte del humo que había tragado durante las horas anteriores.

—Gracias —suspiré—. Ya no podía respirar ahí dentro.

—¿Nos acercamos a la plaza de Barceló? —propuso.

Caminamos lentamente por las calles del barrio, sin parar de hablar. Te preguntarás qué podían tener en común una chica de dieciocho años y un hombre ocho años mayor, pero entonces todo era distinto: no había edades dispares ni aficiones incompatibles, ni gustos excluyentes. Todos acudíamos a los mismos locales y escuchábamos la misma música aunque a unos les interesara la pintura, a otros la fotografía, a otros el cine y a la mayoría todo a la vez. Aprendíamos unos de otros, estábamos deseosos de novedades, queríamos saltarnos las normas establecidas, descubrir el mundo, ser únicos y diferentes.

Llegamos ante la fuente de la Fama, junto al metro de Tribunal. Me gustaba sentarme en el borde del pilón, que en aquella época no siempre tenía agua. Las bocas de los peces gigantes me parecían las de unos seres fabulosos sacados de un sueño. Se lo conté y se rio, su risa sonaba mejor que la música que escuchábamos en La Vía Láctea.

—¿A qué te dedicas? —le pregunté.

—Trabajo en una gestoría, solo para ganarme el pan. Espero que sea por poco tiempo, no me gusta lo que hago.

—¿Y qué te gusta?

—La fotografía —respondió convencido—. Le dedico todo el tiempo que puedo, es mi gran pasión. Y pintar, me encanta dibujar mi versión de la realidad.

—¿Y por qué no trabajas de fotógrafo? —pregunté inocentemente, me parecía lo más coherente.

—La fotografía no es un trabajo, ya te lo he dicho, es una pasión.

Yo no entendía que ambas cuestiones fuesen incompatibles, pero no quise llevarle la contraria.

—¿Y tú? ¿A qué te dedicas? —contraatacó.

Debí de enrojecer hasta las pestañas. Me daba vergüenza reconocer que no hacía nada: los estudios abandonados; el trabajo, inexistente y la vida, una sucesión de días ociosos y noches de alcohol.

—Aún no lo he decidido —me limité a contestar.

—¿No has encontrado todavía algo que te apasione?

—Leer —aseguré—. Me encanta leer. ¡Ah! Y también cuido de mi padre.

Lo primero era indiscutible, solo la lectura llenaba el vacío de muchas mañanas de pereza infinita, pero lo segundo no estaba tan claro. Limitarme a ayudar un poco en casa no significaba cuidar de mi padre.

—Pues por ahí andará tu futuro. No lo dudes. ¿Estás estudiando?

No me dio tiempo a responder porque en ese momento alguien se plantó delante de nosotros para cambiar el curso de los acontecimientos.

—¡Eh, Santi! ¿Quién es tu amiga?

Se trataba de un chico algo más joven que él, rubio y con el cabello ondulado que me miraba complacido. Lamenté su aparición ¡con lo a gusto que me encontraba yo mirándome en los azules ojos de Santi!

VI. EL NICHO DE LA JOVEN MUERTA

Llegué a casa enfadado y hecho un lío. ¿Cómo era posible que se me hubiese escapado la chica de esa manera? Había sido una suerte encontrarla allí y una pasada haberme hecho amigo de ella, porque ya me consideraba su amigo. ¿Y ahora qué?, me preguntaba. ¡Con lo fácil que habría sido pedirle el teléfono! Si quería volver a verla tendría que regresar al cementerio. Necesitaba saber más, mucho más, sobre Santiago Muñoz para comprobar si el padre de Ángela era también mi padre. De momento, sabía que nos parecíamos en el nombre y en el color del pelo. Poca información para sacar conclusiones. Ángela era una chica especial, me gustaba. Aunque, si de verdad se trataba de mi hermana, sería mejor mirarla con otros ojos.

Por lo menos, mi madre no se enteró de mis pellas. Apareció por casa a la mañana siguiente, saliente de guardia y con cara de cansada. La habría asediado a preguntas sobre mi padre, era lo único que deseaba en aquel momento; el asunto me obsesionaba, y aprovecharía cualquier resquicio para lograr tan crucial información. A pesar de que debía de estar deseando acostarse, se sentó a desayunar conmigo.

—Me haré un descafeinado, así podré dormir cuando te vayas. Ha sido una noche dura en urgencias —contó bostezando.

—Era más duro cuando además tenías que cuidar del abuelo —dije sin pensar.

Se dejó caer en la silla, como si mis palabras la hubieran empujado. Todos los días me arrepiento varias veces de lo bocazas que soy, aunque nunca lo hago con mala intención. Escondió la cara entre las manos y se echó a llorar.

—Le echo mucho de menos, aunque los últimos meses fuesen complicados. Me siento tan sola...

—¡Eh! Estoy yo —protesté.

—Ya lo sé, pero tú debes tener tu propia vida y salir con tus amigos, no con tu madre. No debo acapararte.

—Tenemos una conversación pendiente que me interesa mucho más que lo que me cuenten mis amigos —le recordé, aunque estaba seguro de que ella tampoco había pensado en otra cosa desde entonces.

—Ahora no —respondió como yo esperaba—. Te prometo que será pronto. Lo estoy escribiendo, para poder recordarlo todo y contártelo bien. Aún estoy intentando asumir todo esto. Desde que recibí la llamada de Mila, la mujer de Santiago, casi no he pegado ojo. Ella encontró mi número de teléfono entre los papeles de su marido. Me contó que había ido llamando a la gente cercana, pero que aún había amigos de Santi con los que no había podido hablar. Nosotras no nos conocemos. Bueno, creo que una vez coincidimos, pero no se acordaba. El tabaco lo mató, así de claro se lo dijo el médico. Mila me contó que tiene dos hijos, la chica mayor es de tu edad.

Respiré hondo para no ahogarme. Mi madre me estaba hablando de Ángela y yo no podía decir que había paseado con ella la mañana anterior por el cementerio de San Isidro.

—¿Esa chica es mi hermana? —quise saber.

—Sabes que no tienes padre. Y creo que tampoco lo has necesitado, he intentado hacer de los dos y espero que no me lo eches en cara.

—No estás contestando a mis preguntas. ¿Me vas a explicar por qué dijiste que podría ser mi padre? —insistí.

—Porque no te he contado toda la verdad estos años —suspiró vencida—. De haber tenido un padre habría sido él.

—¿Qué quieres decir con eso? —Yo deseaba insistir, pero tampoco presionarla y que perdiese los nervios como el día anterior.

—Te lo contaré, pero antes necesito aclarar mis ideas, contármelo a mí misma. Puse tanto empeño en olvidar que no sé si lo que recuerdo es tal y como ocurrió. No va a ser fácil. ¿Podrás esperar unos días?

—¿Cuántos?

—No sé. Un mes... —dudó.

—Eso son unas semanas, no unos días —protesté.

—¿Podrás esperar sin preguntarme? Por favor —me rogó.

—Lo intentaré.

Era mentira, no podía esperar tanto. Santiago Muñoz tenía nuestro número de teléfono y nunca llamó para preguntar por su hijo. Las preguntas se agolpaban en mi cabeza y no me daban tregua. Mientras mi madre se decidía a confesarme la verdad, yo la buscaría en las palabras de Ángela.

Antes de marcharme a clase, me encerré en mi cuarto, para variar, y mi madre en el suyo poco después. Me enteré porque dio un portazo que tembló toda la casa. Mal rollo, cuando está enfadada solo puede pagarlo conmigo. Echaba de menos a la madre parlanchina, a la que se inventaba historias con moraleja para mí. Desde hacía semanas hablábamos poco y de mala manera. Y aquel asunto del padre secreto había añadido distancia entre nosotros: ella se negaba a hablar y yo no se lo perdonaba. También nos faltaba el abuelo. Creo que él era un buen pegamento entre los dos: se llevaba bien con ella y conmigo; los dos estábamos tan preocupados por él que eso nos unía. Después de su muerte andábamos un poco perdidos, ella más que yo. Yo tenía la música y eso me desahogaba mucho. No componía con la idea de convertirme en un músico famoso, lo hacía porque no podía dejar de hacerlo, porque en esos ratos delante del teclado me sentía yo mismo, libre y sin miedos.

Salí de casa sin despedirme y con pocas ganas de acudir a clase, como de costumbre. Me reí yo solo al pensar que habría preferido irme al cementerio antes que al colegio, pero ese día había examen a última hora y no podría escaparme en busca de Ángela. Habría que esperar, pero no mucho. Si mi madre no estaba dispuesta a contarme nada aún, tenía que encontrar la información por otra parte y la única persona que podía dármela vivía refugiada en el cementerio de San Isidro.

Al día siguiente ya no aguanté más y me largué a la hora del recreo. Me la estaba jugando: si mi madre se enteraba no podría confesarle la verdad y me cuesta inventar mentiras convincentes. No sé las demás madres, pero la mía siempre me pilla cuando le suelto una trola.

Llegué al cementerio enseguida: el 34 no tardó en aparecer y corrí desde que me bajé del bus hasta la puerta del cementerio como si llegase tarde a un entierro. No relacioné la carrera con las ganas de ver a Ángela, quise creer que era el afán por saber quién era mi padre lo que me daba alas. En realidad, me moría por mirarme en los azules ojos de Ángela.

Cuando por fin me detuve, a la entrada del pabellón dos, el corazón se me había subido a la boca y jadeaba como si hubiera corrido una maratón. Más o menos eso era lo que acababa de hacer, teniendo en cuenta que mi forma física no era precisamente la de un atleta.

Desde lo alto se contemplaba todo el pabellón. Dirigí la mirada hacia la tumba de Santiago Muñoz pero nadie comía pipas encima de lápida. Ángela no estaba.

—¡Me cago en todo! —solté, al tiempo que descendía trotando entre las tumbas hasta el lugar donde conocí a mi posible hermana.

Cuando llegué me sorprendió comprobar que no quedaba ni rastro de las cáscaras de pipas ni del paquete de tabaco ni de vida humana. Aquello solo podía significar que Ángela no había vuelto por allí ni tenía intención de regresar. Me extrañaba que hubiese decidido limpiar antes la tumba, como habría hecho mi madre.

De pronto me pareció escuchar el sonido de una pala de sepulturero y temí que a mi espalda hubiese un entierro pero, al darme la vuelta, divisé a lo lejos a un hombre que barría entre las tumbas. En lugar de una escoba usaba una pala. «Será una norma en los cementerios», pensé. Convencido de que podría darme noticias de Ángela, me acerqué al tipo que tenía un aspecto acorde con el lugar: flaco, arrugado y serio.

—Buenos días —saludé—. ¿Ha visto a una chica sentada en esa tumba de ahí?

El hombre me miró como si yo estuviese loco. Apoyó las manos esqueléticas sobre la pala y habló con una boca en la que faltaban unos cuantos dientes. No me asustó porque era de día y hacía sol. Además, Ángela me había liberado del miedo a los cementerios, al menos eso pensaba yo en aquel momento.

—¿Una chica? ¿Aquí? Nunca hay nadie, y menos gente joven —aseguró.

—Pues yo la vi hace dos días. Estaba sentada sobre esa lápida comiendo pipas, ¿no ha visto las pipas cuando ha limpiado por ahí? —le pregunté.

—¿Pipas? ¿Cómo va a venir una chica a comer pipas a un cementerio? Habrás visto a un fantasma —dijo el sepulturero con voz cavernosa.

Preferí no seguir discutiendo, me despedí apresuradamente y escapé de allí como si el fantasma fuese él.

Era temprano y quizá Ángela estuviese dando un paseo por allí antes de acudir a su habitual cita en el pabellón dos, así que decidí pasear yo también. Aquel cementerio se estaba convirtiendo en mi segunda casa. Ojalá no lo hubiese hecho porque me pegué el gran susto de mi vida, más que si hubiera visto abrirse una de aquellas criptas y salir andando a los marqueses que la habitaban.

Si iba por el camino principal, acabaría de nuevo en la salida, y eso hice. Volví a contemplar las esculturas y los panteones que había visto en compañía de Ángela dos días atrás y me parecieron menos siniestros. Al pasar por delante de la fila de nichos bajo soportales me acerqué a mirar, era la zona que no vimos porque íbamos con prisa. Me sorprendí a mí mismo leyendo los nombres de las blancas lápidas como quien lee los títulos de las películas en la cartelera del cine.

Hasta que leí un nombre que me puso los pelos de punta, y no era el mío.

Ángela Muñoz 1995-2012

Se me cruzaron los cables. No solo coincidía el nombre, también la edad: aquella chica, que se llamaba igual que la que yo conocía, tenía diecisiete años cuando murió. Por eso Ángela no quiso acercarse por aquella zona, para no ver su nombre ahí escrito... o para que yo no viese quién era de verdad.

¿Había visto un fantasma? La idea me pareció ridícula y era fácil de desmontar. Aunque existieran los fantasmas, que no era el caso, hasta mi madre sabía de la existencia de aquella chica: la mujer de Santiago le había dicho que tenía una hija de mi edad. Era de locos pensarlo pero, de pronto, el cementerio me pareció menos «romántico» y más siniestro, así que desistí de la búsqueda y regresé a la salida corriendo más que si estuviera en clase de educación física.

Antes de llegar al camino de cipreses me topé de bruces con el barrendero de la pala y di un respingo, como si me hubiese tropezado con un espectro.

—¿Qué? —preguntó—. ¿Has encontrado a la chica fantasma?

Entonces se rio, con una carcajada macabra, con la boca muy abierta enseñando el hueco de los dientes que le faltaban. Salí corriendo sin responder y volví al colegio, como quien regresa a un refugio seguro.

VII. ELOISE Y EL VINILO DE LA MOVIDA

No se me iba la idea de la cabeza, no podía dejar de pensar en ella, en el nicho con su nombre, en las palabras del enterrador y en los ojos azules de Ángela. Cualquier distracción me impedía estudiar y aquello era mucho más que una simple mosca que pasaba. Asumí el suspenso en el examen de Biología del día siguiente y me dediqué a aporrear el teclado.

Salí de mi habitación después de que mi madre me dijera que estaría fuera hasta la hora de la cena. No le pedí más explicaciones, me apetecía estar solo en casa para poder escapar de mi cuarto, de mis agobiantes pensamientos, y para jugar un rato a la *play* sin que ella se enterase.

Le di un beso antes de que se fuera, seguía triste y poco comunicativa. Ni una palabra sobre mi padre. Ella también usaba el recurso del escondite en la habitación aunque no aporrease ningún piano. Antes de abalanzarme sobre la *play* pasé por delante de su cuarto. La puerta estaba abierta y se veía la cama tan grande, tan llena de almohadas, tan bien hecha, con su colcha sin una arruga como siempre. Y como siempre, sentí la tentación de lanzarme sobre ella y quedarme mirando al techo. Mi madre odiaba que hiciera eso, aunque al final siempre acabábamos tirándonos los almohadones y riendo al tiempo que ella me regañaba entre risas.

Me tumbé con los brazos abiertos y las piernas estiradas, algo imposible de hacer en mi cama, que era mucho más pequeña. Desde allí se veía la mesa de estudio que ella usaba: ordenada, sin un papel fuera de su sitio, no como la mía donde casi no cabía un libro de la cantidad de papeles y trastos que había por medio. En la de mi madre nunca sobraba nada. Pero ese día, sí. Había un cuaderno encima de la mesa, de esos de espiral tamaño cuartilla. Ante tal rareza, me levanté a curiosear.

En la cubierta aparecía el nombre del hospital donde ella trabajaba, supuse que allí anotaría las guardias, los cambios de turno y cosas así, por eso no lo abrí y salí de la habitación dispuesto a encender la *play*. Hasta que caí en la cuenta de que para apuntar las guardias en el hospital usaba la puerta de la nevera: ahí tenía un cuadrante que miraba cada mañana. De pronto recordé las palabras de mi madre: «lo estoy escribiendo para poder recordarlo todo».

Y la curiosidad pudo más que yo.

Solo tuve que abrir el cuaderno para leer mi nombre: *Querido Jaime.*

Se me pusieron los pelos de punta. Era una carta para mí, dudaba de que hubiera otro Jaime en la vida de mi madre que no fuese yo. Habría reconocido su letra grande y picuda entre miles de caligrafías: la letra con la que me dejaba recados en la puerta de la nevera cuando salía de guardia antes de irme a clase, la letra con la que me decía que me quería o me daba órdenes que no podía cuestionar.

Lo cerré de golpe. Me estaba entrometiendo en un asunto privado. Era la habitación de mi madre y el cuaderno de mi madre, aunque apareciese mi nombre en el encabezamiento. No tenía derecho a leerlo sin su permiso.

Salí de la habitación pero solo caminé dos pasos antes de darme la vuelta y volver a plantarme delante del cuaderno. Lo abrí con miedo como si fuese a saltar algo desde dentro.

«No sé por dónde empezar a contarte todo esto. Pensé que nunca tendría que hacerlo».

Me temblaban las manos, había seis o siete páginas escritas de algo que parecía una confesión: la verdad sobre quién era mi padre, no me cabía duda. Si no me lo había dado aún era porque no quería que lo leyese. Aunque, por otra parte, ¿lo habría dejado ahí, a la vista, a propósito para que yo me topara con él? Era evidente que esas hojas contenían lo que más deseaba saber. Dejé a un lado mis escrúpulos, me senté en la cama y leí.

Cuando acabé, mi cabeza era una olla exprés llena de dudas y a punto de estallar. La carta no estaba terminada, aún le faltaban cosas por contar. Reconocí los ojos azules de Santi en los de su hija Ángela. Por lo que mi madre decía, Santiago Muñoz podría ser mi padre. Si aquello era una confesión y empezaba hablando de cómo lo conoció, la conclusión estaba clara aunque no lo afirmase rotundamente. Me costaba reconocer a mi madre en aquella joven pasota e irresponsable, como ella misma diría. Los hijos olvidamos que nuestros padres también fueron jóvenes e hicieron locuras, en este caso mucho más gordas de las que yo había hecho con dieciséis años. Así que mamá vivió aquello de la movida madrileña, ¡qué cosas! Y reconocía que fumaba como un carretero, cuando continuamente me advertía de lo malo que era el tabaco. «Sé lo que digo, trabajo en un hospital», añadía siempre que salía el tema.

Santiago Muñoz parecía un tipo interesante. Algunas veces había echado de menos tener padre, como el de la mayoría de mis compañeros; pero prefería tener a una madre para mí solo, sin ningún otro hombre por medio. Sin embargo, ahora que había descubierto la verdad, me preguntaba cómo habría sido mi vida si hubiese podido compartirla con un padre como Santiago Muñoz.

Me quedé con ganas de saber más pero decidí no preguntar y esperar a ver si seguía dejando el cuaderno ahí encima, con más información, los días siguientes. Era evidente que le costaba contármelo de viva voz y que escribir le resultaba más fácil. Por lo visto, ella también había encontrado una manera de desahogarse, como yo con la música.

De pronto mi vida se había llenado de misterios: mi madre ocultaba la identidad de un padre que creía no tener y una chica extraña, que podría ser mi hermana, aparecía y desparecía como si fuese un fantasma en un cementerio. ¿Cómo iba a estudiar Bilogía con semejante panorama? Ni jugar a la *play* me serviría para calmar los nervios. Ni siquiera tocar el piano. Habría estado bien poder contárselo a alguien pero ¿a quién? Se trataba de un asunto muy privado y personal. Necesitaba salir de casa, aunque fuese a tomar el aire hasta la esquina. Por esas cosas misteriosas del destino, Dani me mandó un mensaje con la mejor propuesta que podían hacerme en ese momento.

«¿Me acompañas al centro? Voy a comprarme un disco».

Me daba igual el motivo del paseo, solo quería huir de casa y de las dudas que me asaltaban, aunque de ellas fuera imposible escapar.

Era tentadora la idea de contarle todo aquel rollo a Dani, pero el asunto era tan íntimo e implicaba a tanta gente que preferí callarme. Al menos lo intentaría.

—¿Adónde vamos exactamente? —pregunté mientras bajábamos las escaleras del metro.

Supuse que Dani compraría el disco en algún gran almacén o en la mega tienda de música y libros que se encontraba en la Plaza de Callao.

—Metro Callao. Está cerca de allí.

La tienda de discos se llamaba La Metralleta y se encontraba, en efecto, cerca de la plaza. Era un local no demasiado grande en el que se vendían vinilos, rarezas discográficas y camisetas de grupos rockeros, entre otras cosas.

—¿Qué disco te vas a comprar? —quise saber.

—Un vinilo de Tino Casal —respondió.

—¿Y quién ese tío?

Dani tenía unos gustos musicales muy raros, no le gustaba demasiado el *heavy metal* como a mí y prefería grupos más antiguos que yo tenía poco interés en conocer. Generalmente, cuando se ponía a hablar de todos esos músicos viejos o muertos yo desconectaba.

—Era un cantante de los ochenta, de la movida madrileña —respondió—. Murió en un accidente hace unos veintitantos años.

—¡La movida! —salté—. ¡Los años ochenta!

De pronto relacioné la música que le gustaba a Dani con la que escuchaba mi madre a los dieciocho años, en aquel local en el que conoció al que podía ser mi padre. Miré a Dani como si le viera por primera vez: mi mejor amigo y mi madre tenían algo importante en común y yo acababa de darme cuenta. Jamás se me habría ocurrido pensar que la música antigua de la que hablaba Dani era la misma que bailaba mi madre a nuestra edad. Como si mi madre hubiera vivido en otro planeta o nunca hubiera sido adolescente.

—¡Claro! —exclamó—. Martín y tú sabéis perfectamente que me encanta la música ochentera.

Martín, quizá, pero yo sabía poca cosa. Me sentí culpable por no hacerle demasiado caso cuando se ponía a contar asuntos que no me interesaban. Por lo visto, llevaba años hablándome de los grupos de la movida y yo ni me había enterado de la época a la que se refería. Me había perdido mucha información por ese defecto mío de desconectar.

—¿Te gusta por lo que te ha contado tu madre? —quise saber.

—Mi madre era una niña en los ochenta. Ella no me ha contado nada.

—Pues la mía sí, tenía dieciocho años en 1981 —confesé a mi pesar.

—¿Cuántos años tiene tu madre? —preguntó extrañado.

—Cincuenta y algo —no quise precisar, a ella no le gustaría.

—Parece mucho más joven. Se conserva muy bien.

—Suena mal eso de que se conserva. Ni que fuera una sardina en lata —bromeé.

—¿Qué te ha contado de esa época? —ahora el interesado era él.

—Poca cosa —no quise profundizar—. Iba con sus amigos a un local que se llamaba La Vía...

—¡Láctea! —completó—. Era uno de los templos de la movida. Todavía existe, cerca de la Plaza del Dos de Mayo.

—¿Por qué te interesa? —me flipaba que un chico de dieciséis años supiera tanto de lo que vivió gente como mi madre.

—Fue una época muy especial en la historia de España. Un momento de explosión después de la dictadura, de mucha creatividad —me explicó—. Madrid fue el centro de la movida.

Alucinaba. Lo que me contaba Dani coincidía con lo que había leído un rato antes, escrito por mi madre.

—Vale, pero aparte de la importancia histórica... no sé qué te llama la atención de entonces.

—¡Muchas cosas! —aseguró—. La música, la forma de vestir... a otros les gusta la pintura o el cine de entonces. Salieron muchos grupos, la mayoría muy flojos y otros buenísimos: Nacha Pop, Los Secretos, Radio Futura, Parálisis Permanente, Alaska y Dinarama.

—¡Esa sí sé quién es! —algunos nombres me sonaban—. Sale mucho en la tele.

—Mi cantante favorito es Tino Casal.

Me enseñó el vinilo que iba a comprar, en la portada se leía el título del disco: *Lágrimas de cocodrilo*.

—En este LP está mi canción preferida: *Eloise*. Luego vienes a casa, la escuchas y la tocamos.

Nunca habría imaginado que las rarezas de Dani me servirían para acercarme a mi madre. Si mi amigo me contaba todo lo que sabía a cerca de la movida, podría entender mejor lo que ella me escribiese. Así me costaría menos imaginarla fumando y bebiendo en locales llenos de humo y escuchando música de Tino Casal, de Nacha Pop o de Alaska.

—¿Y la forma de vestir? ¿Cómo era?

—Como a cada uno le daba la gana. La moda era que no había una moda. Se mezclaban todos los estilos, hasta la ropa de los hombres y las mujeres. ¿Por qué no le preguntas a ella?

No supe qué responder. Si ella seguía escribiéndome su historia con mi supuesto padre, yo iba a saber mucho más de la movida madrileña de lo que Dani podía imaginar.

—A lo mejor lo hago —dije al fin—. Ya te contaré.

Estaba bien la canción de *Eloise*. La escuché en casa de Dani y luego la improvisamos, él cantando y con la guitarra y yo en el teclado.

El tema de Tino Casal tenía ritmo y el cantante, buena voz; a pesar de que no era ni de lejos el tipo de música que me gustaba.

Volví a casa canturreando *Eloise*, no se me iba de la cabeza:

«Eloise, dolor en tus caricias. Yo seguiré siendo tu perro fiel».

Al menos me sentía contento, y eso que no me había podido olvidar de Ángela ni de las confesiones a medias de mi madre.

Delante del piano me puse a tocar las notas de *Eloise*. Sonaba muy bien.

En eso escuché la puerta de la calle, era mi madre que volvía a casa. Seguí tocando *Eloise*, era mi forma de decirle que había leído su carta. Estaba seguro de que ella lo entendería.

VIII. ¡QUÉ SOLOS SE QUEDAN LOS MUERTOS!

La imagen de Ángela me perseguía hasta en sueños. Necesitaba volver a verla, fuese quien fuese, y estaba seguro de que no se trataba del fantasma de una chica de diecisiete años con su mismo nombre. Tenía que hablar con ella, y no solo para preguntarle por su padre.

¿Encontraría a Ángela un sábado por la mañana en el cementerio o se escondía allí entre semana para huir del instituto?

No conté adónde iba. Mi madre no preguntó, le bastó con un «ahora vuelvo» precipitado a modo de despedida. Estaba rara, muy rara. Solo unas semanas antes me habría hecho un interrogatorio de tercer grado para saber adónde iba, con quién y hasta qué hora. Descubrir que Santiago Muñoz había muerto la estaba transformando en otra persona y yo empezaba a saber por qué.

En la puerta del cementerio me fallaron las fuerzas y sentí crecer el miedo conforme subía por el camino de cipreses. Miedo de volver a tropezarme con el enterrador y que me dijese que yo veía fantasmas, miedo de encontrar la lápida vacía, sin pipas y sin Ángela, miedo de volver a leer el nombre de ella en una tumba, miedo de verla y comprobar que de verdad era un fantasma, miedo de mirarla a los ojos y no verme en ellos, miedo de no gustarle, miedo de gustarle.

Un aire fresco agitaba las copas de los cipreses y hacía volar las hojas de las flores marchitas que dormían sobre las tumbas. El viento se hacía más fuerte conforme me adentraba en el cementerio y temí que alguna de las cruces de piedra se derrumbara a mis pies. Una corona de flores secas pasó rodando a mi lado, como la rueda de un coche fúnebre. Tuve que cerrar los ojos porque se me llenaban de tierra ¡Menudo día para visitar un cementerio! Por eso no había nadie: ni enterradores, ni familiares de difuntos, ni Ángela.

El pabellón dos estaba tan desierto como siempre. Nadie sobre la tumba de Santiago Muñoz. Quise acercarme para comprobar si había cáscaras de pipas, sería una prueba de que Ángela era una persona real y no un producto de mi imaginación ni un fantasma bromista.

Enseguida vi que había algo sobre la lápida y eché a correr, sin miedo a caerme de bruces sobre alguna de aquellas tumbas. Era una piedra grande, más bien un trozo de mármol triangular. Seguro que ella lo había puesto allí. ¿De dónde lo habría sacado? Prefería no saberlo, quizá de una lápida rota.

¡Había cáscaras de pipas alrededor de la tumba! Ángela existía, los fantasmas no comen pipas. Me fijé en el trozo de mármol y me di cuenta de que, debajo, había unos papeles. La piedra impedía que salieran volando. Con cierta aprensión levanté el mármol y los cogí. Pensé que serían dibujos, pero eran hojas escritas. No conocía la caligrafía de Ángela, pero solo podía ser suya esa letra redonda y grande.

Hola Jaime, empezaba.

Últimamente todo el mundo me escribía. Continué leyendo sentado encima de la lápida y con las piernas cruzadas, en la misma postura que tenía ella cuando la conocí. Solo me faltaban las pipas.

Si estás leyendo esto es que has vuelto por el cementerio. Me alegro. Si lees esta frase y no eres Jaime, haz el favor de dejar estos papeles donde estaban porque no son para ti y los muertos podrían enfadarse.

En fin, dudo que otra persona que no seas tú se acerque por aquí a cotillear.

He estado unos días sin venir. Mi madre se ha enterado de que he pasado aquí sentada algunas mañanas sin ir al instituto. Lo ha descubierto de la forma más tonta. Vinimos las dos al cementerio el martes y vio la tumba llena de cáscaras de pipas. Le habían llegado algunas faltas mías del instituto y ató cabos. Me obligó a limpiarlo todo y me hizo jurar que no volvería por aquí yo sola. Le dije que tenía que volver porque alguien me esperaba y pensó que se refería a mi padre. Le entró una llorera del quince. La consolé diciendo que era por un chico y le conté cómo nos habíamos encontrado. Con tanto rollo, no llegué a prometerle nada, así que pienso seguir viniendo y espero que tú también lo hagas. Por si apareces cuando yo no esté, te dejo este mensaje y unas hojas que quiero que leas para que compruebes que no estoy loca.

El otro día te hablé de los escritores románticos. Quiero demostrarte que a ellos les gustaban los cementerios y que la muerte era uno de los temas que más trataban.

Verás lo que escribió José Cadalso en sus Noches lúgubres. *El protagonista se pasa la vida (las noches, más bien) en el cementerio donde está enterrada su amada. Y hasta ve muertos vivientes:*

«Me quedé entre sombras, rodeado de sepulcros, tocando imágenes de muerte, envuelto en tinieblas, sin respirar apenas,

excepto los cortos ratos que la congoja me permitía, cubierta mi fantasía con un negro manto de tristeza. En uno de esos amargos intervalos yo vi, no lo dudes, vi salir de un hoyo un ente que se movía. Relucían sus ojos con el reflejo de una lámpara que ya iba a apagarse. Su color era blanco, aunque algo ceniciento. Sus pasos pausados se dirigían a mí. Dudé, me llamé cobarde, me levanté y fui a su encuentro. Me acerqué a tocarlo y... el horroroso bulto también iba a tocarme a mí cuando se apagó del todo la luz. El cuerpo del bulto aquel huyó de mi contacto. Oí una especie de resuello. Mis dedos parecían mojados en un sudor frío y asqueroso».

¿A que pone los pelos de punta? Cuentan que este escritor, desesperado porque su novia se había muerto, intentó desenterrar su cadáver para hacerla revivir con la fuerza de su amor.

¡Vaya con Ángela! Era peor que el Cenizo. Seguro que lo hacía para asustarme y no solo para demostrarme que a lo largo de la historia ha habido más pirados como ella. ¿A quién podía gustarle un cementerio? Me hacía esa pregunta mientas leía sentado sobre una lápida. Le hablaría de Cadalso al profe en la próxima clase de Lengua. Le contaría la historia de su novia y el cementerio, aunque seguro que la sabía de memoria.

Continué leyendo.

Y los poetas no se quedaban atrás. Seguro que te suena Gustavo Adolfo Bécquer, es el más famoso de los románticos españoles. Pues tiene un montón de poesías relacionadas con la muerte. La que me parece más terrible es una en la que cuenta el funeral y el entierro de una niña. Me pone los pelos de punta, sobre todo pensar que se trata de una chica muy joven, como yo. Te copio solo unas estrofas sueltas porque es muy larga:

> *Cerraron sus ojos*
> *que aún tenía abiertos,*
> *taparon su cara*
> *con un blanco lienzo,*
> *y unos sollozando,*
> *otros en silencio,*
> *de la triste alcoba*
> *todos se salieron.*
> *De la casa, en hombros,*
> *lleváronla al templo*
> *y en una capilla*
> *dejaron el féretro.*
> *Allí rodearon*
> *sus pálidos restos*
> *de amarillas velas*
> *y de paños negros.*
> *La noche se entraba,*
> *el sol se había puesto:*
> *perdido en las sombras*
> *yo pensé un momento:*
> *«¡Dios mío, qué solos*
> *se quedan los muertos!».*

Se me pusieron los pelos de punta después de leer el dichoso poema. Pensé en la lápida con el nombre de Ángela, que se encontraba a pocos metros en ese mismo cementerio. Tenía razón Bécquer, la muerte y la soledad eran el único destino. Aquello daba mucho que pensar.

Somos olvido y soledad, no tienes más que mirar alrededor: tumbas abandonadas, lápidas borradas por el tiempo. Ya lo decía Bécquer:

*«Donde habite el olvido
allí estará mi tumba».*

No quiero dejar solo a mi padre, no quiero olvidarle. Por eso vengo cada día, para hablar con él, para contarle todo lo que no le conté cuando estaba vivo, para que no se muera del todo.

No sé por qué te suelto a ti este rollo, que ni siquiera te conozco, pero no tengo a quien contárselo. A mis amigas me da vergüenza, mi madre se preocuparía y mi hermano aún es muy pequeño. Tú me caíste bien el otro día: me escuchaste, me acompañaste y hasta me preguntaste por mi padre. Te ocupaste de mí sin tener por qué.

Gracias por tu compañía. Espero que volvamos a vernos.
Ángela

Nada más, ni un número de teléfono ni una dirección donde localizarla. ¿Pretendía que yo siguiera visitando el cementerio de San Isidro todos los días en su busca? Parecía claro que así era, porque no había otra manera de que volviésemos a vernos como ella esperaba. Ángela pensaba que yo le había preguntado por su padre solo por amabilidad. Si supiera la verdad quizá me odiaría pero ¿cómo decirle que su padre había engañado a su madre con otra cuando ella apenas tenía un año? Era mejor ocultar esa información.

Guardé las hojas en el bolsillo y me puse en pie. El viento se había calmado un poco pero hacía fresco y el rato sentado sobre el mármol con las piernas cruzadas me había dejado los huesos helados.

No me crucé con nadie. Ni rastro del sepulturero de la pala. Quizá el fantasma fuese él y no Ángela. Por si acaso aparecía por allí, aceleré el paso en dirección a la salida.

IX. EL MUNDO ES DE LOS VALIENTES

Mamá y yo evitábamos hablar del asunto que nos obsesionaba a los dos durante aquellas semanas. Ella lo había dejado bien claro y yo, que había leído a escondidas el principio de su carta, no tenía más remedio que callarme. Ninguno volvió a pronunciar el nombre de Santiago Muñoz, aunque flotase entre nosotros a todas horas.

Para disimular, nos dio por comentar las noticias de actualidad, como dos tertulianos de la tele, y por hablar de los temas más tontos, de los que antes nunca habíamos discutido: los vídeos de moda en *youtoube*, las manías de los profesores o el comportamiento extraño de los vecinos que se ponían a escuchar ópera a las tres de la madrugada y tendían la ropa solo los días de lluvia.

—¿Era *Eloise* de Tino Casal la canción que estabas tocando el otro día? —me preguntó una mañana a la hora del desayuno.

—Sí. A Dani le gusta ese cantante y le acompañé a comprar el disco el otro día. Luego lo oímos en su casa. Es pegadiza —expliqué.

—A mí también me gustaba —comentó—. Yo escuchaba sus discos cuando tenía algunos años menos que ahora, nada más. Tenía buena voz y sus canciones se bailaban bien. Me encantaba bailar.

Se quedó mirando al infinito, como si recordara aquellos años con nostalgia.

—¿Ya no te gusta bailar?

—Hace mucho que no lo hago —dijo regresando del pasado.

—Deberías salir más —le recomendé, como si yo fuese su padre y no su hijo.

—No he tenido tiempo. Estabas tú, luego el abuelo...

Se había pasado la vida cuidándonos. Tuvo que ser duro y difícil sacar adelante a un hijo ella sola. Nada de bailes ni de fiestas, solo cumpleaños infantiles y parques con toboganes.

—Ahora ya soy mayor y el abuelo... —balbucí—. Quiero decir que ahora tienes más tiempo para ti.

—Lo tendré en cuenta —suspiró al tiempo que dejaba la taza en el fregadero—. De momento, y para que yo tenga más tiempo para mí, te toca fregar los cacharros del desayuno.

En vez de protestar, como había hecho otras veces, me reí con ella y aquella risa cómplice me tranquilizó. Hacía semanas que no la escuchaba reír y ya lo echaba de menos.

Cuando salió hacia el hospital, unos minutos antes que yo, dejó abierta la puerta de su dormitorio. El cuaderno estaba encima de la mesa, esperándome, y yo tenía que comprobar si había más páginas escritas aunque llegase tarde a clase. Dentro del cuaderno encontré una hoja suelta con un dibujo. En él se veía gente en la barra de un bar. «La Vía Láctea» se leía en la parte superior. Era una ilustración buenísima, parecía de un profesional. Me di cuenta de que en la parte inferior derecha había un pequeño pez sonriente, muy parecido al que Ángela añadía a sus dibujos a modo de firma. Era evidente que Santiago Muñoz era el autor.

—¡*Manuel!*

Santi se puso en pie y abrazó al recién llegado. Eran igual de altos, dos torres a mi lado, a pesar de que yo también tenía una buena estatura. El chico era tan guapo como Santi, aunque no poseía aquellos ojos azules penetrantes, sino unos ojillos marrones algo miopes.

—*¿No me vas a presentar a la chica?*

—*Ella es Julia. Te presento a Manuel. Manu, para los amigos.*

Manu apareció para completar el trío inseparable en que nos convertimos. Era unos años más joven que Santi y se conocían desde hacía tiempo. Manu era divertido, generoso, mucho más frívolo que Santi, más loco y más irresponsable. No pensaba en el futuro. Pertenecía a una familia acomodada del barrio de Salamanca, uno de los más lujosos de Madrid, y era hijo único. Vivía en un piso enorme que compartía con su madre viuda. La mujer lo mimaba como si tuviese cinco años y desaparecía discreta y misteriosamente cada vez que íbamos a su casa a organizar una fiesta.

Manu y Santi se adoraban. A veces me he preguntaba qué podía unirlos, cómo era posible una amistad tan entrañable entre dos hombres tan diferentes. Incluso yo misma no acababa de comprender qué pintaba en medio de aquellos dos, porque ninguno de los tres nos parecíamos. Quizá ahí estuviese la gracia, en ser tan diferentes.

Yo me uní a ellos con entusiasmo y vivimos juntos lo que, con la perspectiva del tiempo, considero los mejores y los peores años de mi vida. Manu se enamoró de mí desde el primer momento. No tardó en confesármelo, pero yo quería a Santi con pasión y sin remedio y este, conocedor de los sentimientos de su íntimo amigo, simulaba desconocer los míos. La situación me ponía furiosa pero, al tiempo, me permitía disfrutar de la compañía de dos hombres que yo consideraba los más interesantes de todo Madrid.

Manu y yo admirábamos a Santi y nos dejábamos arrastrar por su personalidad arrolladora. Nosotros éramos más jóvenes, más ingenuos e inexpertos. Le habríamos seguido hasta los infiernos, y casi fue eso lo que nos ocurrió. Él nos guiaba por el laberinto de las calles del barrio y por las catacumbas de los garitos de moda. Nos hacía abrir los ojos ante lo que nos rodeaba y nos enseñaba a mirar el mundo con asombro y entusiasmo. Los tres nos creíamos habitantes de un paraíso a nuestra medida, pobladores de una ciudad que nunca dormía. Las miserias que llevaba pegado tanto desenfreno tardaríamos años en descubrirlas. Estoy convencida de que tú me salvaste la vida. Por ti dejé de fumar y beber de forma radical. «El tabaco puede afectar a la salud de su hijo», me dijo muy serio el médico, minutos después de confirmarme que estaba embarazada. Temblé al pensar que algo pudiera sucederte, cuando aún ocupabas mucho más espacio en mi imaginación que en mi vientre.

«Y el alcohol tampoco es bueno», añadió el médico. Los desterré, a los dos, para que no se interpusieran entre nosotros jamás. El tabaco mató a Santi y quizá también me habría matado a mí, si el destino que yo me quise forjar contigo no me hubiera transformado de manera definitiva.

Santi se creía indestructible, por encima de las circunstancias y los avatares de la vida. Se sentía capaz de dominar el mundo con todos nosotros dentro, Manu y yo también lo pensábamos. Si alguien me ha parecido inmortal alguna vez a lo largo de mi vida, ese era Santi. No temía nada y eso le hacía invulnerable. Me asombraba su valentía, incluso ante los hechos dramáticos que vivimos en los años ochenta.

—¿Qué estabas haciendo aquel día? —me preguntó una noche sin luna cuando salíamos del Pentagrama hacia la sala El Sol.

«*Aquel día*», *para todos nosotros, no era otro que el 23 de febrero de ese mismo año de 1981. Nadie ha podido olvidarlo. Cada hombre y cada mujer de mi generación recuerda con exactitud, como si hubiera ocurrido ayer, dónde estaba y qué hacía aquel día de febrero, cuando unos guardias civiles entraron pegando tiros en el Congreso de los Diputados.*

Lo recordaba perfectamente entonces, cuando Santi me hizo la pregunta, apenas tres meses después de la intentona golpista, y lo sigo recordando ahora, que han pasado décadas, con la misma precisión.

—Estaba en casa de mi amiga Nuria. Sus padres se habían ido de viaje al pueblo a cuidar a su abuela que se había puesto enferma. Nosotras no nos habíamos enterado de nada porque pasamos la tarde charlando y escuchando los discos nuevos que se había comprado —le conté.

Los Secretos y Nacha Pop eran nuestros grupos favoritos, mi amiga tenía algunos discos. En casa de Nuria escuché por primera vez a Tino Casal, el intérprete de la canción Eloise, que tocabas ayer en el teclado.

—Sonaba la canción Déjame *de Los Secretos cuando llamaron por teléfono. Noté cómo mi amiga palidecía. «No nos moveremos de aquí, Julia se quedará conmigo», oí que decía. Puse cara de no entender nada y en cuanto colgó me contó entre sollozos que unos militares habían asaltado a tiros el Congreso y no se sabía a cuánta gente habían matado. Pusimos la radio y las noticias llegaban confusas. Llamé a casa pero nadie me cogió el teléfono. Prefería quedarme allí, me aterrorizaba la idea de salir a la calle y, sobre todo, no deseaba llegar y comprobar que mi hermano mayor se mostraba a favor de los golpistas. Eso era lo que me daba más miedo. ¿Qué me pasaría si triunfaba el golpe de estado? ¿En qué bando me quedaría yo? La situación me parecía mucho más*

dramática que si toda mi familia hubiese pertenecido al Partido Comunista. Nuria y yo no podíamos dormir, pendientes de la radio, hasta que a las tantas escuchamos el mensaje del rey y nos tranquilizamos.

Santi me miró con condescendencia, como si yo fuera una adolescente asustadiza, pero no me molestó porque en realidad yo misma me sentía una niña cobarde al lado de su presencia poderosa.

—Lo cuentas muy bien —me dijo—. Deberías dedicarte a contar historias.

Me pareció que bromeaba, que se burlaba de la cría miedosa.

—¿Y tú? ¿Dónde estabas tú? —era la pregunta que él deseaba escuchar tanto como yo hacer.

—Sabía que el golpe no podía triunfar —aseguró mientras soltaba el humo del cigarrillo—. Ya nadie podría parar esta democracia y menos cuatro gatos pegando tiros, por muy guardias civiles que fueran.

—Eran más de cuatro —me atreví a comentar.

—Muchos como yo habríamos luchado contra la vuelta de la dictadura. Y nosotros somos más —aseguró—. Estoy afiliado al sindicato Comisiones Obreras, mis compañeros de la gestoría lo saben. Me dijeron que rompiera el carné, lo quemara y me fuese a casa.

—¿Lo hiciste?

—¡Claro que no! Ya viste, al día siguiente todo estaba arreglado.

—¡Qué fácil lo ves todo! —suspiré.

—En carnaval, pocos días después, salí disfrazado de Tejero y gritando: «¡quieto todo el mundo!». Fue el disfraz más repetido —aseguró, riendo a carcajadas.

Manu, con quien habíamos quedado en la sala El Sol, apareció en ese momento, cuando atravesábamos la Gran Vía.

—¡Tienes razón! —soltó, corroborando mis palabras—. Este tío lo ve todo muy fácil.

Santi sonrió y nos abrazó a los dos a la vez para decirnos al oído:

—*No os empeñéis en lo contrario. Recordad siempre que el mundo es de los valientes.*

X. LÁGRIMAS BAJO LA LLUVIA

El mundo es de los valientes.

La frasecita se me quedó pegada al pensamiento sin que lo pudiera remediar. Anduve distraído toda la mañana: en clase no me enteré de ninguna de las explicaciones porque desconecté del todo. ¡Menuda racha llevaba! Entre Ángela y mi madre me sobraban motivos para despistarme, y yo necesitaba pocos.

Intentaba imaginarme a mamá con dieciocho años, fumando y bebiendo como un carretero, y ponerles cara a aquellos dos amigos suyos.

Mi mesa se encontraba junto a la ventana del aula y por ella me escapé con la imaginación y con la vista.

—¡Jaime! —oí gritar a la profe de Mates—. ¿Quieres hacer el favor de atender?

Di un salto en la silla, como si acabaran de despertarme de un sueño profundo y mis compañeros se partieron de risa.

—¡Estás *empanao!* —soltó Martín, que se sentaba a mi lado.

De nada sirvió la bronca de la profe ni el ridículo ante mis compañeros: seguí distraído, aunque en vez de mirar por la ventana miraba la pizarra llena de números, sin fijarme en las ecuaciones.

Acabó la clase y volví a mirar al cielo. Había empezado a llover. Primero fue una lluvia fina, pero enseguida se convirtió en un chaparrón considerable. Me dispuse a guardar el archivador en la mochila y, al hacerlo, unas hojas se cayeron al suelo. Eran los papeles que Ángela me había dejado sobre la tumba de «su padre, quizá también el mío». No me había separado de ellos desde que los leí en el cementerio. Al recogerlos no pude evitar leer unos versos de Bécquer:

¡Dios mío, qué solos
se quedan los muertos!

Pensé en Ángela Muñoz, la que llevaba muerta varios años y yacía en un nicho del cementerio de San Isidro, ¡tan sola! Sentí una tristeza enorme y me dieron ganas de llorar. Pensé en Ángela Muñoz, la que comía pipas sobre la tumba de su padre y que yo no sabía si era otra chica o la misma. En cualquier caso, las dos estarían solas entre tumbas y muertos. Tuve la certeza de que la segunda también se encontraría allí, empapándose con la lluvia. La imagen de ella, sentada bajo la tormenta, me asaltó como un fogonazo. Agarré la mochila y salí de clase sin dar explicaciones a nadie.

El mundo es de los valientes.

La lluvia arreciaba cuando llegué al camino de cipreses. Entonces me di cuenta de que no llevaba paraguas, ni siquiera mi cazadora tenía capucha. Nada invitaba a entrar al cementerio excepto mi deseo de ver a Ángela y rescatarla del chaparrón. Corrí hasta el pabellón dos como si me persiguiera un fantasma, de haber mirado alrededor quizá habría sentido algo parecido pero no me paré hasta que divisé la tumba de Santiago Muñoz.

Allí estaba Ángela, tapada con la capucha del chubasquero, en la postura de siempre. Bajé la cuesta corriendo, aun a riesgo de resbalarme con el barro, y en dos segundos me planté delante de ella.

—¿Qué haces aquí, con la que está cayendo? —pregunté a gritos para que mi voz se alzara por encima del ruido de la lluvia.

Levantó el rostro y vi que lloraba, las lágrimas se confundían con las gotas de lluvia que le resbalaban desde la cabeza hasta los pies. Entre las manos sujetaba el cuaderno con los dibujos y un lápiz. Ángela intentaba trazar un retrato, incompleto y borroso por el agua. Era un rostro masculino que me recordó a mí mismo. Ella estaba intentando dibujarme, eso pensé en aquel instante. Hasta que habló.

—No puedo recordarle bien, se me está olvidando su cara. No sé cómo era, nunca me dejó que lo supiera —sollozó.

La abracé y ella lloró sobre mi hombro, empapándome aún más de lo que estaba.

—Hay que salir de aquí —dije obligándola a levantarse—. Este no es sitio para pasar la mañana cuando llueve. Ni cuando hace sol.

Casi la arrastré fuera del cementerio. Parecía sin fuerzas para moverse y no paraba de llorar a moco tendido. Hasta le tuve que dar un paquete de pañuelos porque los suyos se le habían acabado.

Me costó encontrar un bar en los alrededores donde entrar a refugiarnos. Cuando localicé uno, ya íbamos calados hasta los huesos.

Nos sentamos en una mesa alejada de la puerta y de la lluvia. A pesar de que habíamos dejado un río de agua en el suelo, el camarero nos recibió bien.

—¿Un par de cafés con leche para entrar en calor? —propuso con una sonrisa.

—Sí, gracias —respondí por los dos.

Tiritábamos como dos pollos mojados. El camarero simpático nos prestó una toalla, que no sé de dónde sacaría, para que nos secásemos. La pasé con cuidado por su cabello y ella se dejó hacer.

—Estás loca —dije—. ¿Pensabas pasarte el día bajo la lluvia? Si no llego a aparecer yo...

—Gracias —era la primera palabra que pronunciaba desde que habíamos salido del cementerio—. ¿Por qué haces esto?

Era la pregunta maldita. En ese momento el camarero trajo los cafés y me regaló unos segundos para pensar la respuesta. Como no encontré una convincente me puse a contarle otra cosa, a ver si se le olvidaba.

—He ido dos veces a buscarte y no estabas. Te largaste el día ese sin darme tu número ni nada.

—¿Dos veces? —preguntó sorprendida—. Supuse que fuiste tú quien se llevó los papeles que dejé el otro día. Aunque podía haber sido el viejo ese que barre con la pala...

—Hablé con él —salté—. Le pregunté por ti y me dijo que nunca había nadie por allí, y menos una chica comiendo pipas.

—Creo que no ha llegado a verme, he procurado no cruzarme con él. Va a lo suyo y solo mira al suelo.

—Me asustó porque dijo que serías un fantasma —quise que sonase a broma.

—Casi lo soy —sonrió con una mueca extraña.

—¡Ya te digo! ¿Sabes que hay una chica de tu misma edad y con tu mismo nombre enterrada en el cementerio?

—Lo sé. Yo también la he visto —gimió—. Está en la zona de los nichos, por eso no quise pasar por allí el otro día contigo. Se llamaba Ángela Muñoz y murió con diecisiete años. Me da miedo, es como una advertencia.

—Pues yo llegué a pensar que eras el fantasma de la chica esa: el mismo nombre, la misma edad, el mismo cementerio...

—No tengo la misma edad, por eso me parece una advertencia —añadió—. Parece decirme que me queda menos de un año...

—¡No seas macabra! Me dijiste que tenías diecisiete, ¿por qué me mentiste? —le reproché.

—Pensé que tú tendrías dieciocho, eres muy alto, y yo quería impresionarte —confesó—. Siento no haber sido sincera.

Me avergonzaron sus disculpas: quien no era sincero era yo. La buscaba para desentrañar el misterio de mi padre y ella no tenía ni idea.

—¿Volviste para comprobar que yo no era un fantasma? —sonrió.

—Sí. Y para verte de nuevo y pedirte el teléfono. Ya no te vas a escapar, espero no tener que volver al cementerio para encontrarte.

—Tampoco se está tan mal —aseguró.

—Reconoce que hoy, lloviendo a cántaros, no hacía día como para andar comiendo pipas sobre la tumba de tu padre ni para hacerle un retrato.

—Me cuesta acordarme de él, cada vez más —confesó—. El otro día te dije que era un padre maravilloso, pero no es del todo verdad. Vivía para su trabajo, que le apasionaba, y se ocupaba poco de nosotros. Al menos, eso me parecía porque yo deseaba que él estuviese todo el tiempo conmigo. No paraba de viajar, era fotógrafo *free lance*, o sea que no trabajaba para ningún periódico. Decía que él era un espíritu libre, que no quería tener jefes ni ataduras. Cuando decía lo de las ataduras yo pensaba en nosotros tres, por lo visto no quería que le atásemos a una casa ni a una familia. Me pasaba la vida reclamando su atención. El primer año en el instituto suspendí a propósito cuatro asignaturas para que me hiciese caso, pero ni eso sirvió. Solo conseguí que mi madre se llevara un disgusto y ella no se lo merecía. Al final, aprobé todo en septiembre pero estoy segura de que a él le habría dado igual.

—No creo —me atreví a responder—. A los padres siempre les preocupa mucho lo que hacen sus hijos en el colegio.

—¡Será al tuyo! —exclamó—. ¿A que está pendiente de tus notas?

—No tengo padre... mi madre es viuda —improvisé.

—Vaya, lo siento.

—Yo tenía dos años —seguí inventándome— y no lo recuerdo.

—Cuando le daba la gana, papá era genial —continuó—. Las veces que estaba de verdad con nosotros era el mejor padre del mundo, sobre todo conmigo. Me habría gustado que fuese así siempre, pero fueron pocos momentos. Casi nunca hablaba de él, no sé cómo era cuando tenía mi edad ni me contó nada de su pasado. Ni siquiera sé cómo ni por qué empezó a fumar. Lo que sí le gustaba era llevarnos de paseo por Madrid. Algunos domingos íbamos al Rastro y nos compraba algo. También al Retiro, a ver los títeres que se ponen cerca del lago. Mientras, él hacía fotos a la gente y al ambiente, más que a nosotros. Ahora me arrepiento de no haberle preguntado, de no haber insistido más para conocerle mejor. ¡Sé tan poco de él!

Las palabras de Ángela me dejaron más frío que el chaparrón que nos había caído un rato antes. Quizá yo tuviera las piezas de la vida de Santiago Muñoz que le faltaban a ella. Mi madre lo sabía y me lo estaba contando pero yo no podía confesárselo, aún no. Deseaba saber más, ella también. Yo tenía el pasado de Santi Muñoz y ella los años compartidos. Si juntábamos las dos partes, sabríamos quién era de verdad «su padre, quizá también el mío».

—¿Le has preguntado a tu madre? —supuse que ella tendría otras piezas del puzle.

—Ella no está ahora para hablar —respondió—. Está hecha polvo, tendré que esperar. Ni siquiera se había enterado de que estaba faltando a clase, hasta el otro día.

Me parecía que hablaba de mi propia madre. Los efectos de la muerte de Santiago Muñoz sobre las dos mujeres habían sido similares.

—Me gustaría ayudarte —le ofrecí.

—¿Por qué? —preguntó clavándome la mirada—. ¿Por qué te preocupas tanto de una tía que casi no conoces? Lo que sabes de mí es como para salir corriendo. Una loca que se pasa la vida en un cementerio comiendo pipas...

—Me gustas —solté, porque era la verdad—. Eres diferente y eso mola. Lo normal es aburrido. Eso dice mi madre.

—¡Mi padre también lo decía! —sonrió—. Me gusta que te parezcas a él.

Tragué saliva. Cada vez estaba más claro que Ángela podía ser mi hermana y el asunto me inquietaba: ¿qué clase de relación se tiene con una hermana? Lo desconocía por completo. Seguramente, nada parecido a lo que sentía por aquella chica que me miraba con los ojos más azules del mundo.

—¿En qué me parezco? —quise saber.

—No sé... —dudó—. Eres alto, algo rubio, simpático, dices cosas divertidas...

—Mi madre es alta, algo rubia, simpática y cuando quiere dice cosas divertidas —aseguré.

—Entonces, te pareces a ella.

—Tu padre era valiente y yo soy un gallina. Ya te digo que el otro día salí zumbando del cementerio pensando que eras el fantasma de chica que está allí enterrada —confesé.

—¿Cómo sabes que mi padre era valiente?

Lo sabía porque mi madre me lo había dejado escrito: Santiago Muñoz no se asustaba ni ante las pistolas de los guardias civiles en el Congreso.

—Me lo contaste el otro día en el cementerio —improvisé—. ¿No te acuerdas?

—No, pero no me extrañaría. Tengo muy mala memoria.

Respiré aliviado, debería intentar ser menos bocazas. El asunto era delicado y si metía la pata en algo, se acabó lo que se daba: Ángela me mandaría a la mierda y yo me quedaría sin saber si su padre era también mi padre.

—Él decía que el mundo es de los valientes.

«Ya lo sé», estuve a punto de soltar. Por suerte, fui capaz de controlar mi boca indiscreta. A los dos nos impactaba la frase de Santiago Muñoz, era como una recomendación, un mensaje para afrontar la vida. Me gustaba.

—Tenía razón tu padre. Me habría gustado conocerle —dije con sinceridad.

—A mí también, pero ya es demasiado tarde —se lamentó.

—No creo. Tienes a tu madre, que puede contarte muchas cosas y habrá más gente que le conociera: amigos, familia... Tendrás que ir preguntando a unos y a otros.

—Lo haré —parecía más animada—. Gracias por escucharme.

—¿En qué instituto estudias? —quería enterarme de todos los detalles de su vida, para que no se me volviera a escapar.

—En el Gran Capitán, muy cerca de aquí.

—Pues venga, te acompaño a clase —dije como si fuese su padre—. Pero antes me vas a dar tu número, no quiero que te largues corriendo.

Cuando salimos del bar ya había dejado de llover, unas nubes blancas habían sustituido a las negras.

Casi lo mismo que estaba pasando en mi corazón.

XI. LA SONRISA DE LOS PECES DE PIEDRA

Santi, Manu y yo frecuentábamos, como muchos otros, la sala El Sol en la calle Jardines, donde había actuaciones en directo casi todos los días. Cada uno de nosotros iba por un motivo diferente, aunque el principal era estar juntos. Yo simplemente quería bailar y conocer a los grupos de moda, pero ellos tenían razones más poderosas. Quien más disfrutaba cuando acudíamos era Manu.

A Manuel le volvía loco la música. Tenía una voz estupenda y le gustaba tocar la guitarra y el piano. Cuando le conocí, seguía asistiendo fielmente a las clases en el conservatorio y con cierto aprovechamiento. Cantaba muy bien y gozaba de excelente oído, podía haber explotado esas cualidades para algo más que pasar el rato.

Santi quería absorber todo lo que se cocía en aquellos lugares ahora míticos. Siempre llevaba la cámara de fotos y algún papel donde tomar apuntes para sus dibujos. Decía que en el interior de aquellos garitos oscuros las fotos no le salían bien y le interesaba más plasmarlo con el lápiz. Admiraba a pintores del momento como Ceesepe o El Hortelano y es posible que coincidiésemos con ellos en las largas noches madrileñas, aunque no recuerdo a ninguno.

—Aquí es donde soy yo mismo —aseguraba—, fotografiando y dibujando lo que veo. ¡Y no en la gestoría!

Pienso que viví el momento con una inconsciencia casi infantil, como si toda aquella explosión creadora fuese lo más normal. Ahora me doy cuenta de que estuve rodeada de genios. Recuerdo que en una ocasión, en La Vía Láctea, Santi me señaló los murales que decoraban techo y paredes del bar: «Es como la capilla Sixtina» dijo, no sé si en broma o en serio. Me contó que los habían pintado las Costus, una pareja de gays muy peculiar que vivía en la calle de la Palma.

En aquel ambiente de revolución creativa cada cual se expresaba de una manera distinta y yo me limitaba a contemplar. Pero Santi, que era el catalizador de todos nuestros sueños, intentaba sacar agua del pozo seco.

Yo no hacía más que mirar la realidad que me rodeaba con los ojos muy abiertos, sin darme cuenta de que aquello también iba conmigo.

—¿Has pensado ya lo que te gustaría hacer? —me preguntó Santi una madrugada.

Antes de regresar a casa, siempre acabábamos sentados en la fuente de la Fama de la plaza de Barceló viendo amanecer. Manu cogía el metro en Tribunal para irse a su casa y nosotros dos apurábamos el último cigarrillo (más bien el primero de la mañana) sentados junto a los peces de piedra. Éramos pura energía, sobre todo Santi, quien era capaz de estar de marcha toda la noche y luego irse a trabajar a la gestoría a las ocho de la mañana.

Para mí, aquellas conversaciones representaban lo mejor del día. Deseaba que, en esos ratos de intimidad, ocurriese algo entre Santi y yo: me besara o me dijera que me quería.

Aproveché el frío de la madrugada para pegarme a él y me abrazó tiernamente, como un abrigo protector.

—Aún no sé lo que me gustaría hacer —respondí.

En realidad, me importaba poco, pensaba que ya tendría tiempo de tomar decisiones y que lo único deseable era vivir la vida al lado de aquellos dos hombres que me había regalado la noche

madrileña. *Sobre todo al lado de quien me abrazaba en ese ins-*
tante.

Miré *los peces de la fuente y me pareció que me sonreían, como*
la vida en los años de la inconsciencia.

—Me gustaría *tener un pez de verdad como estos —comenté,*
como quien expresa un deseo inalcanzable—. Lo pondría en una
pecera en el salón, sería cuidadora de peces.

—No *existen esos peces, son fantásticos —rio Santi—. En rea-*
lidad no son peces, son delfines mitológicos. No hay bichos así en el
mar.

—Sí *que existen, los estoy viendo —bromeé.*

—¡Pero *son de piedra, no son seres vivos!*

—Es *peor estar vivo y parecer de piedra —dije refiriéndome a*
él, que se mostraba ajeno a mis sentimientos.

—Tienes *razón —asintió—. Si estás vivo nunca parezcas de*
piedra, como esos peces.

—¡Vaya! *—exclamé—. Me gusta esa frase: si estás vivo nunca*
parezcas de piedra. Pero yo creo que estos peces son mucho más de
lo que se ve. ¿Imaginas la cantidad de gente que habrá pasado por
delante de esta fuente durante siglos? Es viejísima. ¿Y si quedaran
en estos peces recuerdos de las vidas de las personas que los han
mirado? Hay que observarlos y buscar su historia.

—¡Ah! ¿Es *que tienen una historia?*

—¡Claro! *Todo el mundo la tiene —aseguré.*

—¿Aunque *sean de piedra? —preguntó mirándome fijamente.*

—Te *la contaré. En realidad estos cuatro peces no eran peces,*
eran pescadores —improvisé—. Todos los días echaban las redes
al mar en busca de buenas capturas y llegaban a puerto con el bar-
co cargado. Eran los cuatro pescadores más famosos del pueblo.
Así era un día y otro día, hasta que dejó de ser. Una tarde regresa-
ron con el barco vacío, ni una mísera sardina había caído en sus

redes. El desastre se repitió a lo largo de varios meses: mientras que otros pescadores atracaban en el puerto con los barcos llenos, ellos seguían sin capturar nada. Un día, algo grande cayó en la red, algo tan grande que los arrastró y acabaron hundidos en el fondo del mar. Pero en lugar de morir, se convirtieron en cuatro peces de las profundidades abisales, de esa zona tan profunda a la que apenas llega la luz. Cuatro peces de enormes bocas y ojos saltones en busca de un débil rayo que iluminase aquella masa de agua negra.

—¿Te lo estás inventando? —Santi me escuchaba boquiabierto.

—Déjame seguir —le regañé—. El caso es que no podían soportar tanta oscuridad y rogaron al rey del mar para que los librase de aquel suplicio. Neptuno solo les dio una opción: les cambiaba la vida por la luz. Aceptaron sin pensar: no deseaban seguir viviendo en las tinieblas. Se convirtieron en cuatro peces de piedra pero a plena luz del día y rodeados de gente. Por eso sonríen.

Santi también sonrió complacido y empezó a aplaudir. Yo me sentí más feliz que nunca: con ese relato improvisado había conseguido la admiración del hombre al que amaba.

—Lo ves. Tienes talento —aseguró—. Sabes crear de la nada.

—De la nada, no. He usado a estos cuatro peces.

—No desaproveches tus aptitudes, sería una lástima. Ese don que tienes nunca podrá arrebatártelo nadie.

Casi no le creí, él tenía más fe en mis cualidades que yo misma. Por eso, a partir de ese día, me provocaba y me pedía historias que yo inventaba. Aquello se convirtió en una especie de rito: la madrugada, la fuente, los dos y un motivo para que yo improvisara.

—Pero estos peces no sonríen —objetó.

—Porque nos los has mirado bien —respondí—. Si estuvieses enamorado seguro que te sonreirían.

—La sonrisa de los peces de piedra, parece un buen título —comentó.

—*Un título ¿para qué?*

—*Para la historia de tu vida. Es mejor que veas siempre la sonrisa de los peces. No dejes de hacerlo. No seas un número dentro de la masa, exprime tu talento, defínete.*

—*Para ti es fácil decirlo* —*protesté*—, *tú eres un artista. Tienes la fotografía, la pintura, quizá algún día seas famoso...*

—*¡La fama!* —*exclamó*—. *¿Ves la figura que hay en lo alto de la fuente con una trompeta? Es una victoria alada que representa la fama. Pero nos dice que, a pesar del triunfo, la fama no perdura. Es lo más efímero que existe.*

—*Bueno, aunque no seas famoso, eres un artista y yo no.*

—*Tu propia vida es tu obra de arte. El prodigio es la vida misma* —*afirmó.*

Sacó la cámara de fotos y me hizo posar ante la fuente. Aún había poca luz y el flash *estallaba con un fogonazo que me hacía cerrar los ojos soñolientos por culpa de la noche de marcha. No recuerdo haber visto nunca aquellas fotos, no llegó a enseñármelas por mucho que se las pedí.*

Quise pensar que las guardaba como un recuerdo hermoso de una madrugada especial.

Leí la última línea en el mismo segundo en que escuché la llave de mi madre en la cerradura de la puerta. Había tenido la precaución de cerrar con cuatro vueltas antes de ponerme con el cuadernito, por si ella llegaba antes de lo previsto, para que no me pillase con las manos en la masa. No deseaba una conversación que no me convenía, al menos por el momento.

Tenía mucha información, ahora había que procesarla y usarla para acercarme más a Ángela. Las piezas del pasado de su padre las poseía yo, si las juntábamos con las suyas podría encontrar la respuesta a la pregunta más importante de mi vida.

Y las piezas empezaban a encajar.

Busqué en Internet «fuente de la Fama» y ahí estaban los peces de piedra. Era una fuente barroca, única en Madrid, diseñada por el arquitecto Pedro de Ribera en 1732. En lo alto se veía una especie de ángel trompetista, la victoria alada, y alrededor mucho adorno: flores, jarrones, escudos, angelotes... Abajo los delfines mitológicos: cuatro peces enormes bastante feos. No sonreían, dijera lo que dijese mi madre. Más bien tenían cara de enfadados. No había visto esa fuente en mi vida, y eso que estaba en Madrid. Será que siempre me movía por las mismas zonas: el barrio, el barrio y el barrio. Se encontraba cerca del metro Tribunal, fácil de localizar. Ya sabía por qué Santiago Muñoz firmaba con un pez y qué quería decir la frase: «no seas de piedra como los peces». Estupendo pero ¿cómo contárselo a Ángela sin desvelar el asunto entre su padre y mi madre? Parecía imposible.

Tenía tantas ganas de hablar con ella que la llamé, sin pensar antes qué le iba a decir.

—¿Podemos vernos un rato esta tarde? —le propuse sin más.

—¿Pasa algo? —debió de notar urgencia en mi voz. La había.

—No, solo quería verte y charlar.

—¡Ah! Verás, yo...

Temí que colgara, ¿me estaba convirtiendo en un pesado? Las chicas huyen de los pesados y se lían con los malotes. Eso dice Martín.

—Bueno, si no puedes ya te llamo otro día —di marcha atrás, como los cangrejos cobardes.

—¡No, espera! —saltó—. Es que hay un examen mañana y tengo que ponerme las pilas. Pero podemos vernos un rato, más tarde. Mejor que te acerques por mi barrio.

—¡Estupendo! —me alegré demasiado—. ¿Dónde y cuándo?

—En la salida del metro Pirámides a las ocho.

Decidí que, hasta las ocho, mejor que seguir en casa mordiéndome las uñas, me acercaría a la fuente de los peces. ¿Por qué me comían los nervios? ¿Qué deseaba más: saber si Ángela era mi hermana o disfrutar de un rato con ella? Me daba miedo la respuesta. Podía haberme quedado estudiando, pero me dije a mí mismo que no sería capaz de leer una sola línea. Como excusa, no estaba mal. El caso era no abrir un libro.

Por la línea 1 del metro se llegaba directo hasta la estación de Tribunal. Nada más salir a la calle busqué la fuente, tenía que encontrarse allí mismo. Estaba, pero separada por una verja: imposible acercarse demasiado y mucho menos sentarse en el borde. ¿Por dónde se entraría? Di una vuelta y descubrí que el jardín donde se hallaba la fuente formaba parte del recinto del Museo de Historia de Madrid, un edificio antiguo con una portada curiosa, presidida por un rey con bigote. Tendría que buscarlo en Internet, para cuando fuese por allí con Ángela. Así podría chulearme de conocimientos, como había hecho ella en el cementerio con ese rollo de los poetas románticos.

Regresé ante la fuente y me limité a mirarla desde fuera. No estaba mal, era más bonita que en las fotos. Intenté imaginar a mi madre, con bastantes años menos, sentada allí mismo, al lado de Santiago Muñoz. No era posible que entrasen a ese jardín a las tantas de la madrugada para ponerse a charlar, el museo estaría cerrado. Había una verja enorme entre la calle y la fuente. Tenía que haber una explicación.

Pasé tanto rato mirando a los peces que, al final, me pareció que me sonreían.

XII. LA HISTORIA DEL HUÉRFANO INMORTAL

Ángela llegó tarde a nuestra cita en el metro de Pirámides y pensé que no aparecería. ¿Y si odiaba a los pesados y prefería a los malotes? Empecé a preocuparme de veras, sentía que la chica me gustaba y no sabía cómo controlar unos sentimientos extraños y, tal vez, prohibidos. Quise alejar tan inquietantes pensamientos y me dediqué a preparar algunas preguntas para empezar la conversación. Solía hacer eso antes de quedar con una chica, pero casi siempre eran ellas quienes llevaban la voz cantante y yo me limitaba a responder a las suyas. Más que un pesado, yo debía de ser un tío aburrido, no como esos amigos de mi madre de los años ochenta.

—¿Es que tú no tienes exámenes? —me soltó Ángela nada más verme.

—Mañana no —acerté a contestar—. Yo estudio al día.

—Seguro que no te va muy bien con ese método.

—Me va regular —no mentí—. ¿De qué es el examen?

—De latín.

—Tiene que ser chungo el latín —me sentía incapaz de estudiar una lengua muerta, bastante tenía con el inglés.

—No te creas, Arancha es una profe buenísima y eso ayuda.

—Está claro que eres de letras, por eso sabes tanto de poetas románticos muertos —dije como si fuese gracioso.

—¡Cómo no van a estar muertos si vivieron en el siglo XIX! ¿Se estaba burlando de mí? ¿O es que la graciosa era ella?

Paseamos hacia la zona del río Manzanares, cuesta abajo, en una tarde que no estaba hecha para quedarse en casa estudiando latín.

—¿Qué tal estás? —me atreví por fin a preguntarle—. De lo de tu padre...

—No he vuelto por el cementerio, si es lo que quieres saber. Tengo que encontrar otra manera de hacer el duelo.

—Yo me acuerdo mucho de mi abuelo —le conté—. Me llevaba muy bien con él, era una buena persona, la mejor que he conocido en mi vida. Es lo más parecido a un padre que he tenido, aunque los padres educan y los abuelos malcrían. Eso decía el mío.

—¿Qué haces cuando le echas mucho de menos? —me preguntó—. Yo comía pipas sobre su tumba y ahora no quiero seguir haciéndolo.

—Pues... juego a las cartas. Él me enseñó a hacer solitarios, a jugar al mus, al cinquillo. Ahora no hay quien me gane. Lo que tienes que hacer es acordarte de los buenos ratos que pasaste con tu padre y contármelos —propuse, intentando parecer inocente—. Puede ser una manera de volver a vivirlo.

Me sonrió con toda la cara: con los labios y con los ojos azulísimos.

—No sé por qué te preocupas tanto por mí.

—Eso ya me lo preguntaste —y yo no quería contestar.

—Pues no me acuerdo de la respuesta.

—Cuéntame algo de él —seguí—. Yo te escucho, pondré cara de oreja. A mi madre le gusta mucho contarme historias inventadas, desde que era pequeño lo hace y me ha acostumbrado a estar muy atento cuando alguien habla.

—¿También atiendes cuando los profes explican? —Se estaba burlando de mí otra vez.

—Lo que cuentan no es tan interesante como las historias de mi madre.

—Mi padre contaba historias a través de sus fotografías. Decía que solo había que mirarlas con detenimiento para darse cuenta.

—Eso está muy bien, ¿pero nunca te contaba cuentos?

—Casi nunca, aunque recuerdo una historia muy rara, la única que me contó cuando ya estaba enfermo. Me acuerdo porque me sorprendió mucho que se la inventara para mí, era una novedad, algo que no había ocurrido antes y no volvería a pasar más. Íbamos por la calle y pasamos por delante de un edificio antiguo. Era muy grande y con una fachada así muy recargada, barroca. Me preguntó si sabía lo que era y yo le contesté que no. «Lo suponía», me dijo. «Es una pena que no te gusten los museos, o quizá sea culpa mía por no haberte llevado, por no haberte dedicado el tiempo que merecías». No supe qué responder y él siguió. «Esto es el Museo de Madrid, es muy interesante. Conserva muchas cosas sobre nuestra ciudad. Pero antes era un sitio muy triste. Era un hospicio». Debí de poner cara de no saber qué era eso. ¿Tú sabes lo que es un hospicio, Jaime?

—Sí, un orfanato. Sé qué edificio dices. La casa de mi abuelo estaba cerca...

Me mordí la lengua para no seguir hablando, no podía decirle que había estado allí mismo solo unos minutos antes de quedar con ella, que su padre y mi madre se sentaban en la fuente de ese museo para hablar todas las noches, hacía más de treinta años. Era como para no creérselo.

—No recuerdo muy bien por dónde era —siguió—. Bueno, si conoces el sitio te gustará más la historia. El caso es que ahí dejaban a los niños huérfanos. No debía de ser un buen lugar para que te abandonaran porque la mayoría se morían al poco tiempo.

—¿De qué época me estás hablando?

—Pues no sé, de hace mucho. Mi padre no me lo dijo.

—Bueno, ¿y qué pasó?

—Pues pasó que un día dejaron allí a un bebé pequeñajo y débil. Pensaron que no sobreviviría, como la mayoría de los que llegaban. Por eso al principio no le pusieron ni nombre, solo un número y la fecha del día en que lo encontraron en la puerta del orfanato. El caso es que, para sorpresa de las monjas, el niño salió adelante y además, crecía muy deprisa. Pero lo más extraño fue que todos los bebés que llegaron después también se salvaron. Pasaron meses y ni un solo niño murió en el hospicio, cuando lo normal era que fallecieran varios cada día y que una epidemia de viruela, por ejemplo, se llevase a muchos por delante. Esto, que al principio fue una bendición, luego se transformó en un problema, porque no había espacio ni comida ni camas ni monjas para atender a tanto niño abandonado. Una religiosa relacionó la llegada de Bernardino, que así llamaron al chaval por el santo del día, con la misteriosa ausencia de muertes y el rumor empezó a correrse por el hospicio. La monja se lo dijo a la madre superiora y esta lo tomó al principio como una superstición. El caso es que la superiora observó que, superstición o no, hacía un montón de meses que no fallecía ningún crío, así que pensó que podrían sacar algún beneficio de ello. Además, no podían cobijar a tanto huérfano. No necesitaban más niños, sino más obras de caridad. Habló con una familia rica de Madrid que no tenía hijos, de esas que de vez en cuando les daban dinero. Les contó que había un niño especial, un niño que regalaba la inmortalidad.

Se inventó un rollo: que si la noche que llegó tuvo una revelación, que si el chaval era una especie de elegido de Dios y que, si ofrecían una cantidad importante para cuidar del resto de los niños, podrían adoptarlo como propio. Aquellos condes, o marqueses, lo que fueran, se lo llevaron a su casa, convencidos de las palabras de la monja. En cuanto Bernardino salió por la puerta del hospicio, la muerte volvió a entrar. Ese mismo día se murieron cinco niños y todo volvió a la normalidad.

—¡Vaya historia! ¿Seguro que se la inventó tu padre?

—¡Calla! ¡Que aún no ha acabado!

—Bernardino creció rodeado de sus padres y abuelos. No era un chaval cariñoso ni simpático con su familia. No sabía hacerse querer, o no quería hacerlo. Los abuelos fueron envejeciendo pero sobrevivían al frío del invierno, a los achaques y a cualquier epidemia de las que pasaban por Madrid de cuando en cuando. Incluso al cólera, que mató a miles de personas en la ciudad. La familia estaba convencida de que todo se debía a Bernardino, pero en la casa había un ambiente frío, como si el chico les estuviese contagiando una enfermedad peor: la falta de alegría, de ilusiones y de amor. Los padres discutían constantemente y los abuelos se pasaban los días asomados a la ventana del palacio mirando a la gente, sin ganas de nada, viendo pasar la vida sin ilusión. Además, guardaban como un secreto terrible las ocultas cualidades de Bernardino y, cuando los amigos y vecinos alababan el buen estado de salud de la familia, no sabían qué responder. Se limitaban a poner una sonrisa triste.

—¿Y todavía vive esa gente? —interrumpí.

—¿Quieres dejarme terminar? Un día, el chico se escapó de casa, desapareció y nadie fue capaz de encontrarlo. Los padres no sintieron preocupación por el hijo desparecido sino miedo por sus propias vidas. Sin embargo, los mayores se alegraron, empezaron a sentir un calor desconocido en sus corazones, una paz que no habían vuelto a notar desde que Bernardino apareció por aquella casa. En pocos meses fallecieron los cuatro, pero todos lo hicieron con una sonrisa de felicidad en los labios.

—¿Y del chico? ¿Qué pasó con él?

—No lo volvieron a ver, pero dicen que sigue vagando por el mundo. Mi padre aseguraba que aún existe y que ahora vende sus servicios a personas sin escrúpulos y sin sentimientos que quieren vivir muchos años. Por eso ha habido a lo largo de la historia personajes despreciables tan longevos.

—Seguro que tu padre quería que sacaras una conclusión de esta historia inventada —comenté.

—Lo sé. Él me dijo que le temía más al frío, a la vida sin ilusiones, al alma deshumanizada que a la muerte. Es la moraleja del cuento ¿no crees?

—Sí, es verdad.

—También me dijo que huyera de esa gente. Él lo hacía. No quería a su lado gente sin afectos, de esos que ponían la ley por encima de las personas, que no valoraban al que tenían al lado. ¿Sabes que dejó un trabajo en un periódico porque el director era así? Dijo que prefería ganar menos a soportar a alguien que trataba mal a la gente y de manera cínica.

—Era valiente tu padre —afirmé, tan orgulloso como si fuera el mío.

—Decía que lo importante en la vida es estar vivo. Parece una tontería, una evidencia, sin embargo, tiene mucho sentido. Puedes vivir como si estuviese muerto, entonces la vida no vale de nada. Como les pasaba a los familiares de Bernardino.

Lo importante no es si la vida es corta o larga, sino vivirla de verdad.

—¿Él la vivió de verdad?

—Creo que sí. Vivir de verdad puede significar cosas muy diferentes. Se trata de averiguar en qué consiste para ti. Mi padre decía que para algunos es solo divertirse, pero despertar de una resaca de fiesta no es nada agradable, es como deslizarse por encima del hielo para después caerse y notar el frío del suelo.

—¿Eso decía? ¡Qué bueno! —empezaba a reconocer y a relacionar el Santiago Muñoz del que hablaba Ángela con el joven Santi que describía mi madre—. ¿Y para ti? ¿Qué es vivir de verdad?

—Eso me gustaría saber. ¡Ojalá lo tuviese claro! Ahora lo veo todo negrísimo.

—No me extraña, con tanto cementerio.

—¿Y tú? ¿Qué piensas?

—Es difícil la pregunta —me pilló desconcertado—. Quizá sentirme acompañado por mis amigos, componer mi música, saber disfrutar de las cosas pequeñas... bueno, esto lo dice mi madre, pero creo que tiene razón. También dice que hay que buscar lo bueno, lo bello y lo verdadero.

—Eso suena bien, aunque no parece muy concreto.

—¿Quieres que vayamos juntos a ese museo? —propuse, convencido de que era el paso siguiente en mi particular búsqueda y también en la suya.

—¿Ahora?

—¡Claro que no! El día que tú quieras.

—No sé —añadió con una sonrisa burlona—. Si puedo, el sábado te aviso.

De pronto, sin que me diese cuenta, habíamos llegado ante el portal de una casa que debía de ser la suya porque sacó una llave, abrió y se despidió con tanta prisa que me dejó con cara de tonto mirando el cristal de la puerta.

—Adiós, hasta otro día.

Ni un beso de despedida, ni una explicación (vivo aquí, ya quedaremos, te llamo enseguida...) ni un gesto amable después de haberla escuchado toda la tarde casi sin rechistar. Desde luego, Ángela era una tía rara, rara.

No había dado ni tres pasos cuando me llegó un wasap.

«Gracias por hacer tan bien de oreja».

Sonreí como un bobo, las tías nos llevan siglos de ventaja. Seguro que lo había escrito nada más subir en el ascensor. Me fui de allí tan contento como si ella me hubiese regalado un abrazo.

XIII. PALABRAS PARA JULIA

¿Qué nos unía? Supongo que las ganas de vivir, la noche, la música, los bares, el deslumbramiento por la ciudad. Vivíamos el presente sin pensar en absoluto en el futuro.

Nadie preguntaba de dónde eras ni a qué clase social pertenecías. Nosotros tres, en la actualidad, no nos habríamos siquiera conocido, pero entonces todo era diferente. Santi pertenecía a una familia de agricultores toledanos y malvivía en una buhardilla de la Plaza del Dos de Mayo, a pesar de que era el único que trabajaba. Manu era un niño rico del barrio de Salamanca, mientras que mi familia pertenecía a la clase media madrileña. Nunca nos importó. La buhardilla de Santi nos gustaba más que el pisazo de Manu con esos pasillos kilométricos llenos de retratos de familia. Nos unía la amistad, pero también era un aprecio no exento de rivalidades, como la que sentía Manu hacia Santi, a pesar de que lo admiraba.

El día que nos conocimos, Manu propuso que fuésemos juntos el fin de semana siguiente al concierto de la primavera que organizaban los alumnos de la Escuela de Arquitectura de la Politécnica de Madrid. Era el mes de mayo y la fecha, 23, coincidía con la del intento de golpe de estado de dos meses antes. Más de quince mil personas nos reunimos en lo que luego se ha considerado un acontecimiento histórico. Para mí fue uno de los días más felices de mi vida, *en compañía de mis dos nuevos amigos. El festival duró más de ocho horas y participaron los grupos que más me gustaban y otros que jamás había escuchado: Farenheit 451, Alaska y los Pegamoides, Flash Strato, Los Modelos, Tótem, Rubi y los Casinos, Mamá, Los Secretos y Nacha Pop. No paré de bailar, de cantar, de reírme y de beber. Muchas de aquellas canciones tenían letras absurdas y títulos chocantes:* Sobre un vidrio mojado, Déjame, Chicas de colegio, Nadie puede parar, La chica de ayer, Horror en el hipermercado, Yo tenía un novio que tocaba en un conjunto beat...*

Cuando Nacha Pop tocó La chica de ayer *miré a Santi, me acerqué y lo abracé sin dejar de bailar. Él cogió del brazo a Manu e hizo que se uniera a nosotros. Quedé en medio de ellos, balanceándome al son de la música y celebrando el hecho de que Santi se hubiera fijado en mí y me llamara «la chica de ayer». Manu se sabía todas las canciones y las cantaba a gritos haciendo dúo conmigo cuando yo también conocía la letra. En ese primer concierto, me di cuenta de la voz tan potente y hermosa que tenía Manu. Algunas melodías sonaban mejor en su garganta que en las de sus propios intérpretes.*

Ya amanecía cuando el concierto acabó. Recuerdo que caminamos por la calle Princesa a plena luz, desorientados, sin haber pegado ojo y con demasiadas cervezas de más.

—No me apetece volver ahora a casa —dijo Manu—. A esta hora se levanta mi madre y no le va a gustar verme llegar así, de resaca. Se llevará un soponcio.

—¡Qué buen hijo eres! No quieres disgustar a tu madre —replicó Santi con sorna—. Pues vete a dormir al Retiro, como hace mucha gente cuando cierran los garitos y no puede irse a su casa —bromeó.

—¿Vamos a la buhardilla? —pidió Manu—. Echamos una cabezadita y nos despertamos nuevos. Nada de ir andando ni de bajar al metro. Cogemos un taxi. Yo invito.

—Está bien —cedió Santi—. *Pero la que invita es tu madre, que es quien te da la pasta. ¡No seas jeta! Y hay una condición: que «la chica de ayer» se venga con nosotros.*

Me quedé estupefacta, sin saber qué contestar. La idea me atraía mucho: continuar más allá de la noche con ellos dos. En ningún momento desconfié ni temí que pudiera ocurrir algo que yo no deseara. Tampoco tenía que avisar en mi casa, hacía tiempo que entraba y salía sin dar cuentas a nadie. Además, antes de ir al concierto, había contado que me quedaría a dormir en casa de Nuria.

—Me apunto —solté en el mismo instante en que Santi paraba un taxi.

—¡Eres un ángel! —exclamó Manu al tiempo que me abrazaba y me levantaba dos palmos del suelo.

La buhardilla de Santi se encontraba en la Plaza del Dos de Mayo, en el centro del barrio por donde nos movíamos, a escasos metros de La Vía Láctea y bastante cerca de mi casa. Era minúscula: un pequeño espacio con una mesa, un par de sillas, un sofá de dos plazas y una cama bajo el ventanuco. Una cocina y un baño, ridículos, completaban la vivienda. Siempre había ceniceros repletos de colillas y un olor a tabaco reconcentrado. A pesar de las incomodidades, aquel lugar nos parecía el paraíso de la libertad. Me gustaba asomarme por el ventanuco y contemplar la plaza, por la que siempre pasaba gente. Las estatuas de Daoíz y Velarde, ajenas al incesante ajetreo nocturno, presidían el monumento al Dos de Mayo.

En cuanto llegamos, Santi sacó una botella de whisky *que acabó de tumbarnos. Solo recuerdo que desperté en medio de ellos dos, que roncaban plácidamente.*

Me levanté con una resaca tremenda y me acerqué a la nevera en busca de una cerveza fresca que me calmara.

—Estás guapa hasta recién levantada.

Manu me miraba sonriente desde la cama, mientras Santi continuaba durmiendo a pierna suelta.

—Ya es raro, con la resaca que tengo. Será que tú me miras con buenos ojos —contesté.

—Con muy buenos ojos —añadió—. Me gustas mucho, Julia. Ayer mismo se lo dije a Santi. Me gustas desde que te vi, tienes algo especial: esa mirada tan dulce y esos rasgos tan delicados...

No sabía qué contestar. Resultaban halagadoras sus palabras, pero yo habría preferido que me las dijese Santi.

—Gracias, pero yo... —balbucí.

—Tú estás colada por Santi. He visto como le miras —habló por mí.

Bajé la vista porque me daba vergüenza mirarle a la cara: lo que acababa de decir era una verdad como un templo y los dos lo sabíamos.

—Es normal —continuó—. Santi también es especial, tiene una fuerza inagotable. Te arrastra, igual que a mí. Seguramente yo soy más guapo, pero no tengo ese carisma.

—Tú eres genial —acerté a decir—. Me encanta estar contigo, eres muy divertido.

—Pero no te gusto lo suficiente —cortó—. Quizá algún día cambies de opinión. Haré todo lo posible para que así ocurra.

Se acercó a mí y me besó suavemente en los labios. Fue un beso fugaz, como el aleteo de una mariposa, que no quise evitar.

—¡Eh! —sonó la voz de Santi—. ¿Ya estáis despiertos?

Se levantó de un salto, con una vitalidad sorprendente, como si hubiese dormido diez horas, y sin rastro de resaca. Lo primero que hizo fue encender un cigarrillo.

—¿No te duele la cabeza? —le pregunté asombrada.

—No bebí tanto como vosotros, nunca lo hago —aseguró—. No quise deciros nada porque os lo estabais pasando muy bien, la próxima vez os diré que paréis antes de acabar así.

—No me lo creo —salté—. Estuviste toda la noche con un vaso en la mano, y luego el whisky, aquí en la buhardilla.

—Era el mismo cubata y cuando llegamos solo me tomé un chupito —aseguró.

—¡Vamos, hombre! —protestó Manu—. No vengas ahora con tus rollos paternalistas. Yo sé muy bien lo que hago y no necesito que me cuides. Ya soy mayorcito.

—Os haré un café y un buen desayuno. No consentiré que os marchéis de aquí en estas condiciones —dijo poniéndose a ello.

Mientras bebíamos el café y comíamos con desgana las tostadas que nos había preparado, Santi fumaba, hablaba de sus proyectos y nos iba enseñando las últimas fotos, la mayoría en blanco y negro. Eran magníficas, sobre todo los retratos, y las que había sacado en los locales que frecuentábamos.

—Anoche hice algunas que os gustarán, ya las veréis cuando las revele.

Antes no se podían ver las fotos en el momento, eso es algo que la gente de tu generación quizá no entienda. Había que hacer un carrete entero y luego mandarlas a revelar. Podían pasar meses hasta que lográbamos ver una instantánea que habíamos hecho y, además, salía bastante caro. Sin embargo, Santi hacía muchísimas y revelaba carretes cada pocos días. No le importaba gastar dinero en su pasión. Además, tenía un amigo que contaba con un equipo de revelado en su casa y muchas veces le dejaba usarlo, con lo que salía mucho más económico.

Nos enseñó también unas cuantas ilustraciones que reflejaban a la perfección el ambiente en el que nos desenvolvíamos: la gente, los locales atestados, la estética de aquellos tiempos. Me reí con él al comprobar que, en todas ella, había dibujado un pez sonriente, como los de nuestra fuente, a modo de firma. Tenía las ilustraciones encima de la mesa, junto con otros papeles y se puso a revolverlos, como si buscara algo. Entre aquel caos de hojas, fotos y dibujos apareció un folio escrito a mano.

—¡Ah! ¡Aquí está! Escucha bien —me dijo—. Palabras para Julia.

Empezó a leer un poema con la voz más sugerente que había escuchado nunca, deteniéndose en cada estrofa para mirarme con complicidad.

> La vida es bella ya verás,
> como a pesar de los pesares,
> tendrás amigos, tendrás amor.

Solo existía la voz de Santi en aquella buhardilla pequeña de la Plaza del Dos de Mayo, sus ojos azules taladrándome con la mirada, sus palabras dedicadas a mí, sus labios pronunciando cada verso.

> Pero tú siempre acuérdate
> de lo que un día yo escribí
> pensando en ti,
> como ahora pienso.

Cuando terminó, mis ojos brillaban de emoción. Jamás había oído un poema tan hermoso.

—¿Lo has escrito para mí? —logré balbucir.

—No lo ha escrito él —cortó Manu—. ¡Vamos, dile la verdad!

—Es una poesía de José Agustín Goytisolo —confesó—. Se la dedica a su hija Julia, pero yo la he copiado para ti. Es lo que me habría gustado escribirte, aunque la escritura no esté entre mis cualidades.

Me dio el papel y yo lo guardé como si realmente Santi se lo hubiera inventado para mí. Palabras para Julia es un poema de

*esperanza, de empuje ante los avatares de la vida, un poema que
habla de la belleza del mundo y de que no hay que rendirse jamás.
Aquel texto se convirtió en mi bandera: muchas veces lo leí o lo recordé, sobre todo cuando las cosas no me iban bien. Releerlo en la
caligrafía de Santi le daba un doble significado.*

Nunca digas no puedo más y aquí me quedo...

—*No hay quien pueda contigo* —*se quejó Manu*—. *Hasta
cuando le robas las palabras a otro eres irresistible.*

Me puse nervioso después de leer tanta información. Además, mi madre había incluido otro papel: era el dibujo de una
plaza en la que había un monumento con dos estatuas. Tenía
que ser la Plaza del Dos de Mayo. Yo no recordaba haber estado
nunca allí, pero se correspondía con la descripción que hacía
ella en lo que acababa de leer. En el ángulo inferior derecho se
distinguía perfectamente la firma de Santi: el pez.

No me extrañaba que mi madre se hubiese enamorado de
Santiago Muñoz. Era un tío interesante, desde luego. Me daba
rabia no haber conocido a un padre así. Su hija merecía saber
que era un hombre sensible, que apreciaba y cuidaba de sus
amigos, que les ofrecía su casa siempre y, sobre todo, que le gustaba divertirse en 1981 tanto como a nosotros en el siglo XXI.

Pero Ángela no me había llamado. Era sábado y mi madre
había salido con unos compañeros de trabajo, así sin especifi-
car, después de haberme propuesto ir al cine juntos. No acepté
por culpa de Ángela, esperaba que ella diera señales de vida,
pero nada de eso. Las mismas señales que si estuviera muerta.
Dije a mi madre que había quedado con mis amigos y sé que la
dejé chafada por la cara que puso. Antes de irse, me miró con
esos ojos tristes que pone cuando hago algo mal y dejó abierta
la puerta del dormitorio. Los dos sabíamos bien para qué.

Solo se me ocurrió llamar a Dani. Necesitaba escuchar esas canciones que bailaba mi madre cuando tenía dieciocho años y seguro que él las conocía todas. Cuando se lo conté se quedó extrañado.

—¿Por qué te ha dado ahora por la música de los 80? ¿Tanto te gustó el disco de Tino Casal?

—Ya te explicaré. De momento ve buscándome todos esos títulos —hasta a mí me sonó como una orden.

—¡Qué mandón te has vuelto últimamente!

Tenía razón, de pronto quería saberlo todo: escuchar aquellas canciones, enterarme de cómo era mi madre entonces y de cómo era Santi, hasta el último detalle. Releí varias veces las páginas que ella me había escrito y fui en busca de *Palabras para Julia*. Fue fácil encontrar el poema de Goytisolo en Internet. Si me hubiese visto el Cenizo buscando versos en el ordenador, se le habría caído el cigarrillo de la boca del susto. Y si encima le hubiera dicho que la poesía me parecía buena, se habría desmayado. Tanto me gustó que me animé a seguir buscando poemas, siempre pensando en Ángela. No existía ninguno que se titulase «Palabras para Ángela», así que no podría imitar a su padre con el truco de leer los versos de otro como si fueran propios.

De *Palabras para Julia* había un montón de entradas en *youtube*. Descubrí que había una versión cantada por un tal Paco Ibáñez, que debió de ser muy famoso en los ochenta y popularizó el poema. Quizá, Santiago Muñoz conoció la poesía a través de la canción. Según escuchaba *Palabras para Julia* me di cuenta de la clase de imbécil que era yo, pensando en una tía que no me había llamado y que no quería saber nada de mí, por muy hermana mía que fuese.

El timbre de la puerta me sobresaltó.

No esperaba a nadie, así que puse el ojo en la mirilla al tiempo que escuchaba al otro lado la voz inconfundible de Dani:

—¡Abre, tío!

Me saludó con una sonrisa y el móvil en la mano, antes de traspasar la puerta.

—Aquí las tengo. Todas las canciones localizadas. Ahora me vas a explicar por qué de pronto tienes tanto interés por la música de los 80.

Bajé los brazos en señal de rendición. Dani merecía la verdad y yo necesitaba contárselo a alguien. Esperaba no arrepentirme de ello.

—Ahora resulta que mi padre sí tiene nombre.

Dani me miró como si los ojos se le fuesen a salir de las órbitas.

—¡No jodas! —soltó.

Fuimos a mi cuarto y, mientras escuchábamos *La chica de ayer,* empecé a contarle todo lo que sabía hasta ese momento sobre Santiago Muñoz y su hija Ángela. Sentía como si me lo estuviese contando a mí mismo y eso me hizo convencerme de que era real y verdadera la historia que escribía mi madre.

Tan verdad que ni el tiempo ni el silencio habían podido ocultarla del todo.

XIV. CARPE DIEM

—Tienes que volver a quedar con esa tía, como sea.

La conclusión de Dani, después de escuchar el rollo completo, me animó a inventarme una excusa para llamar a Ángela sin quedar como un pardillo. Mi amigo era partidario de seguir hasta el final, hasta demostrar que Santiago Muñoz era mi padre. La idea de que esa chica de ojos azules fuese mi hermana le parecía estupenda:

—Luego me la presentarás ¿no? —Tanto interés por su parte empezaba a molestarme. Iba a decirle que yo la vi primero, pero me pareció demasiado ridículo.

Acabamos la tarde tocando algunas de aquellas canciones que escuchaba mi madre y que Dani se sabía tan bien como ella en 1981. Yo le seguía con el teclado, procurando no elevar demasiado el volumen para no enfadar a los vecinos.

En cuanto Dani se fue, me decidí a llamar a Ángela. Me temblaban las manos y antes tuve que hablar en alto para comprobar que no tartamudeaba, habría quedado fatal. Respiré hondo y esperé que contestase, pero los tonos sonaban y Ángela no respondía. Sentí que me ponía colorado hasta las orejas: aquella chica pasaba de mí y yo era un pesado.

—Hola, Jaime.

Tardé unos segundos en hablar, ya no esperaba oír su voz. Temí balbucear como un idiota, de pronto el plan para volver a quedar con ella me pareció ridículo.

—Verás... yo... he descubierto algo que te va a gustar —logré decir con esfuerzo.

—¿Es tu forma de hacerte el interesante? —soltó con un tono que no me gustó nada.

Tragué saliva. La estaba cagando, pero tenía que seguir adelante o me quedaría sin saber la parte de la historia de mi supuesto padre que nadie más me podría contar. Por eso y porque Ángela me gustaba, para bien o para mal, fuese o no mi hermana.

—Es algo sobre tu padre —logré continuar—. Algo que tienes que ver. Hazme caso, te va a gustar.

—Está bien —cedió—. Cuéntame qué es eso tan interesante que has descubierto.

—No es para contar, es para ver.

—¡Ah! Tú lo que quieres es quedar conmigo.

¡Qué lista! Ya digo que las tías nos dan mil vueltas y encima no se callan.

—También por eso. Somos amigos, ¿no? —Como respuesta no estaba del todo mal.

—Dime qué es —insistió.

—Si quieres saberlo, te espero mañana a las once en la salida del metro de Gran Vía, donde la Telefónica. Es la línea 5, no tienes que hacer transbordo. Sé puntual.

Y colgué. Así, como los malotes. El mensaje era claro: si quieres, bien; si no, peor para ti. Nunca me había puesto tan chulito con una chica. El problema era que, si no funcionaba, me había cargado el trocito de amistad que había logrado. Una montaña de dudas, que aumentaba por minutos, amenazaba con aplastarme. ¿Y si ella ya había quedado? ¿Y si a esa hora le era imposible acudir? ¿Y si tenía dos exámenes de latín el lunes siguiente? No le había dejado tiempo para responder y motivos para no acudir a la cita podría tener seiscientos. Tampoco acababa de entender del todo ese carácter tan cambiante de Ángela: lo mismo era amable conmigo que me hablaba con voz de perro. Y yo, ¿a qué estaba jugando? ¿No me daba miedo colgarme por una chica que podría ser mi hermana?

Me quedé pensativo el resto de la noche, al revés que mi madre, que llegó contenta del cine. Tanto que no se dio cuenta de que yo andaba para pocas bromas, algo extraño en ella, que solo con oírme decir «hola» al llegar del colegio ya sabe si el examen me ha salido bien o mal.

—¿Qué película has visto? —pregunté.

—Uf, una malísima, de ciencia ficción.

—¿Y por eso vienes tan contenta? ¡Si a ti no te gusta la ciencia ficción!

Noté que se sonrojaba, no era por la película por lo que venía contenta y feliz, por primera vez desde la muerte del abuelo.

—Después nos hemos ido a dar una vuelta y a tomar algo, hacía una tarde estupenda. ¿No has salido? —me preguntó.

—No. Ha venido Dani —no quise explicarle más.

—Son una gente majísima estos compañeros nuevos del hospital —añadió.

—Me alegro.

Aunque mi voz no sonaba muy bien, era la verdad. Me alegraba porque pocas veces había visto ese brillo en la mirada de mi madre, solo cuando me miraba a mí, pero esa tarde su felicidad no tenía que ver conmigo. Si yo me estaba haciendo mayor, y eso me alejaba de ella, mi madre empezaba a encontrar otros motivos para vivir fuera de las paredes de nuestra casa. Me dio una pena egoísta pensar que, a partir de entonces, ya no sería yo la primera y única persona con la que desearía ir al cine.

El domingo a las once menos cuarto ya estaba yo en la Gran Vía. En cuanto salí del metro me di cuenta de la estupidez que había cometido. A nadie se le ocurre quedar en el sitio más concurrido de Madrid. Eso de «aquí hay más gente que en la Gran Vía» alcanza su punto culminante los fines de semana y justo delante de la Telefónica. Si quieres quedar con alguien y no verlo, es el mejor lugar del mundo. Solo hay un sitio peor y es el monumento al Oso y el Madroño de la Puerta del Sol.

Intenté que mis ojos se multiplicaran por veinte para controlar a toda la gente que salía del metro, que se paraba en aquella esquina y que pasaba por la calle, para que no se me escapase la presencia de Ángela, en caso de que acudiera. Recibí varios cientos de empujones y se me encajó un dolor de cabeza monumental de tanto fijar la vista en todas direcciones.

—Aquí estoy —. Escuché la voz de Ángela detrás de mí, al tiempo que notaba sus nudillos en mi espalda, como si estuviese llamando a la puerta de mi vida.

Me volví aliviado para encontrarme con sus ojos tristes. Había llorado, estaba claro, pero preferí no decir nada al respecto.

—Tenemos que caminar un poco —anuncié—. La estación de metro de Gran Vía nos venía mejor a los dos, por eso he quedado aquí.

Era una verdad a medias, no quería que ella saliera del metro de Tribunal y viese los peces de piedra antes de que yo se los enseñara.

Me siguió como un perrillo a su dueño, sin preguntar nada, silenciosa y con carita de pena.

—No está lejos. Espero que no tengas mañana un examen de latín, no me gustaría que suspendieras por mi culpa.

Ni contestó, venía dispuesta a ponérmelo difícil. Nunca he sabido qué hacer para interesar a una chica. A Martín, por ejemplo, se le da de maravilla. No sé qué rollos les cuenta pero ellas le ríen todo lo que dice. Una vez se lo conté a mi madre y ella también se rio. Me dijo: «solo tienes que ser tú mismo, nunca mostrar algo que no eres». Parecía fácil pero yo solo era un chaval vulgar y corriente al que lo más interesante que le había pasado en la vida era la chica que tenía al lado y haber encontrado unas cáscaras de pipas en la tumba de un desconocido.

Enfilamos la calle Fuencarral y, de puros nervios, me puse a canturrear como si estuviese disimulando algo.

—¿Qué cantas? —preguntó sin mirarme.

—La banda sonora de este paseo —dije la verdad—. Me gusta componer y muchas veces me voy imaginando la música en mi cabeza para luego, al llegar a casa, tocarla en el teclado.

Sonrió medio segundo y aquel gesto me animó a seguir.

—Verás, la banda sonora de hoy tiene un movimiento rápido al principio, así como expresando nerviosismo —tarareé la melodía—. Estaba preocupado por si no venías. Luego apareciste. ¡Tachán! La música sube de potencia: percusión, tambores y platillos. Después se vuelve tranquila, como este paseo a pesar de que la calle está hasta arriba de gente.

Según describía y cantaba, la sonrisa de Ángela se iba haciendo más larga: en vez de medio segundo, tres, cuatro...

—Pero esto es solo la música —añadí—. La letra tenemos que ponerla nosotros.

—Hoy estoy para pocas letras —suspiró.

Y volvió a quedarse más muda que los maniquíes de los escaparates de las tiendas que llenan la calle Fuencarral.

Seguí con mi rollo porque me di cuenta de que la teoría de mi madre estaba funcionando. A la altura de la calle Galdós había dejado de mirar al suelo, en el cruce con Augusto Figueroa sonreía abiertamente y, cuando ya casi estábamos frente al museo, sus ojos se habían olvidado de las lágrimas.

—¿Sabes que tú también haces muy bien de oreja? —le dije—. Mis amigos, cuando empiezo a hablar de mis músicas, desconectan o me mandan callar.

—Me pasa igual con los dibujos —se lamentó—. Al principio mis amigas me hacían caso pero luego, cuando llegaba con la carpeta llena, me decían a todo que sí y cambiaban de tema. Creo que me ponía un poco pesada.

—Como yo con la música.

Entonces se rio y yo también, de puro alivio.

—Esta mañana iba a ir al cementerio. Era una especie de necesidad —confesó—. Ayer cuando llamaste pensé que me habías chafado los planes, luego decidí que iría el cementerio de todas formas. No pensaba aparecer.

—¿Y qué te ha hecho cambiar de opinión?

—No lo sé, pero me alegro de haber venido.

—Pues más te vas a alegrar cuando veas lo que he descubierto.

Habíamos llegado delante de la fachada del hospicio y Ángela reconoció al instante el edificio que había visto con su padre meses atrás.

—¡El Museo de Madrid! —exclamó—. ¡Es el antiguo hospicio, el de la historia del niño inmortal!

—El bigotudo de la portada barroca es el rey Fernando III, el Santo —le expliqué—. Yo también sé buscar cosas en Internet.

—¿Quieres que entremos al museo? —preguntó con idéntico tono al que habría puesto yo mismo ante tal propuesta.

—Es que no imaginas lo que hay dentro.

No me atreví a cogerla de la mano para llevarla a la entrada, así que tiré de la manga de su chaqueta hasta que pasamos por debajo de la portada barroca.

Podía haberle enseñado la fuente de los peces desde fuera pero quería sentarme con ella en el mismo sitio que su padre y mi madre treinta años antes.

—No te preocupes, la entrada es gratis.

Nos acercamos al mostrador de información y pregunté por el jardín.

—Está cerrado, no se puede acceder —nos dijo el vigilante.

—¿Desde cuándo? —no me lo podía creer—. Hay una puerta que va de este edificio al sitio donde está la fuente...

—Pero no se puede abrir al público —aseguró el hombre—. No sabemos si en un futuro lejano se abrirá, de momento no está previsto.

—¡Es imposible! —me enfadé. Yo sabía que mi madre se había sentado delante de esos peces cabezones—. En algún momento tuvo que estar abierta esa verja.

—Se puso la verja para proteger la fuente —explicó—. A finales de los 80 estaba muy deteriorada: sucia, llena de pintadas... casi todos los días le quitaban la trompeta a la escultura que hay arriba. Fue en la época en la que el barrio se degradó muchísimo. Había drogadictos que se habían instalado en estos mismos jardines. Lo sé bien porque yo vivo en la calle de la Palma.

Fue muy amable el vigilante, pero yo me llevé un disgusto. Pensaba sentarme con Ángela en el pilón de la fuente y tendríamos que conformarnos con verla de lejos.

Salimos del museo casi sin haber entrado. Ángela puso cara de no entender nada y me siguió en silencio. Yo le había dicho que lo interesante estaba dentro y ahora salíamos fuera. Rodeamos el edificio por la derecha y nos plantamos delante de la verja, no quedaba otro remedio.

—¿No te suenan estos peces? —dije señalándoselos.

Puso la cara entre los barrotes de hierro y se quedó un rato ahí, como hipnotizada, mirando los ojos saltones y las bocas enormes de aquellos peces gigantes. Luego estiró un brazo como si quisiera tocarlos.

—Pueden ser los que dibujaba tu padre ¿no crees? —dije—. Los vi ayer en la web del museo. Después de la historia que me contaste, me puse a buscar información sobre el antiguo hospicio.

—No seas de piedra, como los peces —repitió en voz baja.

A su lado, contemplando esa fuente, igual que Santiago Muñoz y Julia Gómez, me vinieron a la cabeza todos los recuerdos que me había contado mi madre hasta entonces y que ya eran míos también.

—Es la fuente de la Fama —le expliqué—. La figura de arriba con la trompeta quiere decir que el triunfo no dura siempre.

—Carpe diem...

—¿Qué dices? —no entendí sus palabras.

—Es latín —me tradujo—. Quiere decir que hay que vivir el momento, el presente.

—No habías visto nunca esta fuente ¿verdad?

—No sabía ni que existiera —dijo—. Los peces se parecen mucho a los que ponía él como firma. ¡Claro que podrían ser los mismos! Pero no sonríen y los que él dibujaba sí.

—Eso es que no te has fijado bien. Te voy a contar un cuento que se titula *La sonrisa de los peces de piedra*. ¿Quieres oírlo?

Ángela asintió y se acercó más a mí, hasta que nuestros brazos se tocaron. Entonces empecé a contar la historia que había leído en el cuaderno de mi madre unas semanas atrás. La misma que Julia Gómez se inventó para los oídos de Santiago Muñoz.

—Había una vez cuatro pescadores muy buenos, que se inflaban a coger peces todos los días. Eran los más famosos y los que más ligaban en su pueblo...

Mi versión no sonaba tan bien como la de mi madre pero, al final, la conclusión era la misma.

—... No querían seguir viviendo en la oscuridad del fondo del mar, con sus ojos saltones y sus bocas enormes, y le pidieron a Neptuno que les devolviera la luz, aunque fuese a cambio de la vida. Los convirtió en estos cuatro peces de piedra para estar de nuevo en la superficie, en la luz y rodeados de gente. Por eso sonríen.

Ángela no había dejado de observar a los peces mientras le contaba el cuento. Cuando acabé, me miró contenta.

—¿Te has inventado el cuento para mí? —preguntó.

—Sí —mentí—, pero puedes pensar que es el mismo que te habría contado tu padre.

En realidad, era así. Si Santiago Muñoz se hubiese sentado con su hija en aquella fuente, le habría contado exactamente la misma historia.

—Pero estos peces no sonríen —insistió.

—Eso es que no los has mirado bien —aseguré—. Depende del estado de ánimo de cada uno. Yo hoy los veo sonrientes, será porque he venido contigo.

Me salió así, sin pensar, porque era la verdad: los peces me sonreían.

—Gracias por traerme aquí —me pareció que se ponía colorada—. Ahora sí estoy segura de que eran estos los que dibujaba mi padre. Así que voy a copiarlos ahora mismo.

Sacó un cuaderno y un lápiz de la mochila, el mismo cuaderno que se llevaba al cementerio. Allí, de pie, empezó a trazar un boceto de aquellos delfines monstruosos.

—Deberías escribir esas historias que te inventas —dijo sin levantar la vista del papel.

Me pareció estar escuchando unas voces que no eran las nuestras, sino las de dos amigos de los años 80 que traspasaban el túnel del tiempo.

¡Lo que se alegraría mamá si nos viera! Algún día tendría que contárselo.

XV. NADIE PUEDE PARAR

*A*unque parecíamos vivir en un momento de superficialidad, la situación en España era complicada: sufríamos los efectos de una aguda crisis económica y el maldito terrorismo de ETA mataba a una persona cada tres días. La reciente democracia se mantenía a flote con dificultad y la realidad era más compleja de lo que queríamos ver. Las noticias nos llegaban por la mañana, envueltas en una capa de pesimismo, y por la noche huíamos de ellas a golpe de música y alcohol.

Los domingos por la mañana nos acercábamos al Rastro, aunque la noche anterior apenas hubiésemos dormido. Aquello era un hervidero de gente, como ahora, pero con un punto creativo y novedoso especial. Santi y Manu compraban fanzines, unas revistas alternativas que editaban de forma casera gente que ellos conocían: ilustradores, escritores, críticos, músicos, dibujantes... personas que necesitaban crear y mostrarlo aunque fuese de manera minoritaria y escasamente comercial. No se trataba de ganar dinero ni de hacerse rico, que es lo único que interesa ahora, se trataba de estar vivo y de inventar algo nuevo.

Les gustaban sobre todo publicaciones como 96 Lágrimas, Lollipop y Dezine, que compraban por precios ridículos. En el Rastro nos encontrábamos con conocidos de La Vía Láctea y del Penta. Éramos los mismos en todas partes, dueños de la ciudad a todas horas, habitantes de un universo febril que nunca descansaba.

Lo mejor de los paseos por el Rastro era que ellos dos siempre me regalaban algo. Como Santi quería convertirme en una mujer culta, me compraba revistas y libros. El primero que me regaló fue El lobo estepario, de Herman Hesse. Sin embargo, Manu prefería comprarme algo de bisutería de la que hacían los hippies. Creo que todavía conservo un colgante con el símbolo de la libertad que llevé puesto durante varios años.

Nunca nos perdíamos las exposiciones del Círculo de Bellas Artes, eran todo un espectáculo. Pintores, escultores, fotógrafos... todos deseaban exponer allí, mostrar su genialidad o su extravagancia. Recuerdo una sala llena de gente sentada en el suelo, fumando y charlando; del techo colgaban latas y cubiertos, pero no me acuerdo qué se exponía en las paredes. Supongo que todo era una excusa para compartir, para hablar y para reunirse.

También acudíamos con frecuencia al cine, pero no tanto a las películas de estreno como a la filmoteca, que también se encontraba en el Círculo, donde se proyectaban clásicos del cine que yo nunca había visto. Algunas películas me gustaron, como La reina de África o Roma ciudad abierta y con otras lloré muchísimo, como con La strada de Fellini. Vimos el ciclo completo de cine italiano y casi todo lo que se proyectaba. Lo mejor era que después las comentábamos en la cafetería, durante horas, hasta que nos echaban de allí.

Manu prefería las películas de estreno, aunque frecuentaba la filmoteca con nosotros. Le fascinaba Almodóvar y, alguna vez de las que coincidimos en La Vía Láctea o en otro local, se acercó a hablar con él.

Acabamos conociendo, aunque solo fuese de vista, a bastante gente. Coincidíamos en los bares, en el cine, en el Rastro, en los conciertos y hasta en la librería Moriarty, donde Santi tenía un amigo que le ponía al día de las novedades editoriales de interés.

Nuestra vida recordaba a la canción de Nacha Pop, Nadie puede parar. Yo cantaba, convencida: «No te asustes del futuro, ese monstruo no vendrá». Y pensaba que era la letra de mi propia vida.

Nuestro círculo se fue ampliando, aunque nunca nos separó el hecho de conocer a más gente. Algunas noches estábamos en el bar y entraba alguien diciendo: «hay fiesta en casa de fulano». Aunque ninguno de los tres supiese quién era ese fulano, siempre había algún conocido que era amigo de un amigo suyo y acabábamos acudiendo a la fiesta.

Recuerdo una de ellas, en un piso cuya terraza daba a la plaza de Barceló. El alcohol corría como si fuese agua y de pronto sacaron unas bandejas con porros y cocaína. Mucha gente consumió sin reparos. Te embarcabas en aquel desmadre como en un juego, en una aventura sin consecuencias. Las drogas formaron parte de la vida compleja de mucha gente cercana. Yo sentí la tentación de hacerlo, tenía curiosidad por comprobar los efectos de esas drogas que estaban de moda, pero Santi retiró mi mano de la bandeja justo cuando iba a coger un sobre con polvo blanco.

—¿Estás loca? —me dijo—. ¡Ni se te ocurra empezar con algo así!

—Está bien que protejas a la niña —habló Manu—. Pero a mí no me vas a impedir que me coloque.

Casi todo el mundo acabó tirado por el suelo, medio dormido, después de la euforia inicial. Ahora lo pienso y era bastante patético, aunque entonces nos pareciera casi normal.

Una chica empezó a sentirse mal, no sabía dónde estaba y sangraba por la nariz. La gente que la acompañaba se asustó mucho pero yo sabía cómo actuar porque había hecho un curso de primeros auxilios unos meses antes. Detuve la hemorragia y la estabilicé, luego llamaron a una ambulancia pero para cuando llegó, mis amigos ya me habían sacado de allí.

—Serías una buena enfermera —aseguró Santi cuando salíamos de la fiesta—. Sabes cuidar de la gente. Ya hay dos cosas interesantes que haces bien.

—¿Cuál es la otra? —preguntó Manu, quien había pasado del estado de euforia inicial al de relajación.

—Inventa unas historias geniales —le reveló Santi.

—¡Vaya! Yo quiero oír alguna. ¡Cuenta! —pidió.

—Vamos a sentarnos a la fuente —sugirió Santi—. Julia te va a contar un cuento que se titula La sonrisa de los peces de piedra.

Manu escuchó el cuento como un niño bueno antes de irse a dormir. Santi, más despejado que ninguno, se dedicó a hacernos fotos en la fuente. Después, logramos subir a Manu en un taxi y enviarlo a casa. Su madre, que se levantaba más o menos a esa hora, se llevaría un disgusto al verlo llegar en tan lamentable estado.

—Ahora me toca a mí, yo también quiero mi cuento —pidió Santi en cuanto subimos a Manu en el taxi y volvimos a sentarnos en la fuente.

—Ya lo he contado.

—Pero ese ya me lo sabía, quiero uno nuevo. Y los peces de piedra también esperan tu relato.

—¿Qué historia quieres que te cuente ahora? —pregunté.

—¿Sabes qué era este edificio hace mucho tiempo? —dijo refiriéndose a la mole de ladrillo rojo que teníamos detrás.

—Sí, el hospicio. El sitio en el que abandonaban a los niños huérfanos.

—Muy triste, ¿verdad?

—¿Quieres que me invente una historia triste?

—Quiero que te inventes la historia que salga de tu corazón.

Improvisé un relato tremendo, de un niño inmortal, que casi no recuerdo. Sí recuerdo sus ojos azules pendientes de mis palabras y su reacción cuando acabé:

—No dejes de crear historias, ni dejes de cuidar a la gente. Haz siempre aquello que te enriquezca y te emocione. Solo así lograrás crecer y engrandecer el mundo.

Santi me ayudó a creer en mí misma, a mirar el mundo con ojos de asombro, aunque tardé demasiado tiempo en poner en práctica sus consejos. Hoy, muchos años después de aquellas conversaciones junto a los peces de piedra, añoro su presencia y ya es demasiado tarde.

La vida era fácil y hermosa a su lado.

¡La historia del niño inmortal! Esa sí la conocía Ángela. Debería tener cuidado con lo que contaba, a ver si le iba a soltar algo que ella ya se supiera. La metedura de pata sería monumental. Cuando todo acabara, cuando pudiera confirmar que Santiago Muñoz era mi padre, le contaría a mamá aquella historia que se inventó hace mil años, que contó solo una vez delante de los peces de piedra y que ya no conseguía recordar. Era una muestra de que él no se había olvidado de Julia Gómez. ¡Menuda cara iba a poner!

Mi madre reconocía que Santi había sido importantísimo en su vida, desde que tenía dieciocho años, y nunca antes me había contado nada de él. No me lo podía explicar. ¿Por qué me había negado la existencia de un padre tan estupendo? Era absurdo. Y él, ¿por qué no había querido saber nada de mí? Quizá fuese porque tenía otra familia que no debía enterarse de mi nacimiento. Me estaba metiendo de cabeza en la vida de su hija sin contar con mi madre. Aquello no estaba bien, pero ya no podía hacer otra cosa: la idea de perder de vista a Ángela no entraba en mis planes.

El sábado por la mañana, mamá salió hacia el hospital. Le había tocado hacer guardia en fin de semana, que era lo que peor llevaba de su trabajo. El sábado era nuestro día. De pequeño siempre me llevaba a algún sitio especial y de mayor solíamos ir al cine o de excursión fuera de Madrid, si hacía buen tiempo. Si le tocaba guardia, se fastidiaban los planes.

Sin embargo, la noche anterior no se quejó, como hacía siempre que trabajaba el sábado. Ni siquiera me dejó comida preparada, me dio dinero y me dijo que invitase a algún amigo a comer por ahí. Y se la veía cada vez más contenta. Me daba la impresión de que, conforme iba escribiendo esa dichosa carta, soltaba toda la tristeza que había acumulado en los últimos tiempos.

Por eso, el sábado, bien temprano, lo primero que hice fue entrar en su cuarto y leer lo que había dejado escrito para mí. Luego pensé en llamar a Dani para invitarlo a comer y seguir contándole los avances con mi supuesta hermana.

Cuando iba a escribirle un mensaje, me llegó otro de quien menos esperaba:

«¿Podemos vernos un rato esta mañana?».

Me comporté como un mal amigo y cambié de planes al instante: lo sentí por Dani pero no iba a desperdiciar la propuesta que me hacía Ángela:

«Claro, y si quieres te invito a comer».

Pasaron varios minutos y no recibí respuesta, no sabía si pretendía hacerse la interesante o la indecisión formaba parte de su carácter, pero siempre lograba ponerme nervioso. Al fin contestó, sin darme la oportunidad de opinar.

«En el metro de la puerta de Toledo a las 12».

Allí estaría yo, antes de la hora, inquieto como cada vez que nos veíamos. Era tan rara, tan imprevisible, que lo mismo huía de mí que me llamaba para quedar. Si éramos hermanos, en eso nos parecíamos poco. Yo era tan predecible como el ruido del trueno después de un rayo.

Tanto que, para no variar, llegué antes de tiempo y me dediqué a pasear, nervioso, en círculos alrededor de la parada del metro. El dueño del kiosco cercano me miraba con cara de pocos amigos, como si temiera que fuese a robarle algún periódico en un descuido.

Ángela apareció unos minutos tarde, con la mochila colgada del hombro derecho y la sonrisa guardada en ella, porque venía seria como un ajo. Me saludó como si me hiciera un favor, ni un mísero beso en la mejilla, y caminó hacia el otro extremo de la plaza esperando que yo la siguiera.

—Sí eran esos los peces —me dijo como si yo no lo supiera—. He encontrado unas fotos que mi padre hizo antes de...

Vi cómo una lágrima caía lentamente de su ojo izquierdo, marcando una línea brillante en su cara. Me habría gustado recogerla con un dedo y, de paso, acariciar su rostro, pero sabía que no me convenía nada hacer algo así. Ángela podía salir corriendo o, peor todavía, darme un puñetazo. Debía limitarme a ejercer de oreja y a retener todos los datos posibles acerca de «su padre, quizá también el mío».

—¿Quieres que nos sentemos aquí? —propuse al descubrir un banco bajo los árboles en la misma plaza.

Ella asintió sin palabras. Hacía una mañana templada que invitaba a disfrutar del aire libre. Me daba apuro preguntarle por las fotos, si se echaba a llorar iba a ser un corte para los dos, así que me puse a hablar para que se le pasaran las lágrimas.

—Te traigo una sorpresa —dije para animarla—. He estado leyendo cosas de tus amigos los poetas románticos muertos. Esos tan flipados por los cementerios como tú.

Sonrisa de medio segundo. No estaba mal. Así habíamos empezado la última vez y luego acabó dándome las gracias.

—Resulta que no son tan macabros como dices tú —continué—. No solo de cementerios vive un romántico. Ese Bécquer, por ejemplo, tiene unas pocas poesías sobre la muerte, las que te gustan a ti. Pero casi todas las demás tratan de amor y algunas son optimistas y todo. Verás.

Me había aprendido de memoria una de las Rimas. Eran solo cuatro versos y me puse a recitarlos haciendo un poco el payaso de forma exagerada:

—*Hoy la tierra y los cielos me sonríen... Hoy la he visto y me ha mirado. Hoy creo en Dios.*

Cuando acabé, Ángela me miraba con cara de guasa. Me alegré de que se estuviese riendo, aunque fuese de mí.

—¿A que es romántico? —pregunté con cara de bobo.

—Es cursi, Jaime —aseguró ella—. Es muy cursi.

—¿No decías tú que los románticos no eran cursis? —protesté.

—Bueno, algo de cursis sí tienen. No me gusta esa poesía, prefiero las que hablan de amor no correspondido.

—¡Vaya! Ya salió la chica pesimista.

—Será que no creo en los finales felices. La vida siempre acaba mal —sentenció.

—¡Ya te digo! ¡No se puede ser más negativa que tú! No sé qué ganas con eso.

—Nada —suspiró—. No gano nada.

Me quedaba aún el poema más importante, la baza para ganar la partida como habría dicho el abuelo. Saqué del bolsillo el folio donde había escrito el poema de Goytisolo, *Palabras para Julia*. Fue como si Santiago Muñoz me soplase al oído, en ese momento, lo que tenía que decir.

—Palabras para Ángela —hablé mirando el surco que una lágrima había dejado en su mejilla. ¡Había logrado emocionarla!

Los versos de aquel poema que no era mío sonaron como si de verdad lo fuera, como si lo hubiese escrito yo para la chica que tenía delante y tuve la certeza de que era exactamente eso lo que había sentido Santi cuando lo leyó en la buhardilla de la Plaza del Dos de Mayo a una joven con los mismos apellidos que yo.

—... *Acuérdate de lo que un día yo escribí, pensando en ti como ahora pienso.*

—¡Es una pasada! —exclamó—. Pero no es de ningún romántico, ¿de qué autor es?

Ángela era mucho más lista que mi madre cuando su padre le leyó esos mismos versos y sabía perfectamente que no me los había inventado yo.

—En realidad se llama *Palabras para Julia*, es de José Agustín Goytisolo. La escribió para su hija. Pero podría ser *Palabras para Ángela*.

—Me habría gustado que mi padre me escribiese un poema así.

—Tu padre era fotógrafo, no poeta.

—Precisamente eso era lo que tenía que contarte.

Noté que hacía un esfuerzo para hablar sin volver a emocionarse. Cruzó los brazos y tembló como si de pronto sintiera frío. Frío en el corazón.

—Hay unas fotos. Creo que las dejó para mí. Una de ellas es de la fuente esa de los peces.

—¿Son fotos antiguas? —quise saber.

—No, las hizo cuando ya estaba enfermo.

—Sería una manera de explicarte de dónde había sacado los peces que ponía en sus dibujos —tenía lógica.

—Luego hay otra del Museo Municipal, de la fachada barroca y otras más de sitios que no sé qué son ni dónde están.

Una bombilla se iluminó en mi cabeza. Santiago Muñoz no tenía la facultad de contar historias, no le gustaba escribir pero le apasionaba fotografiar. Quería contarle algo a su hija antes de morir pero solo podía hacerlo como él sabía. Quizá la historia fuese la misma que mi madre me estaba relatando con palabras.

—Me dijiste que tu padre no solía contaros cuentos ¿verdad?

—Sí, decía que su manera de narrar era hacer fotos.

—Pues ahí lo tienes —aseguré—. Él quería contarte algo con esas fotos.

—Pero no sé qué demonios quería decirme —soltó enfadada—. Ni siquiera reconozco la mayoría de esos sitios.

Me habría apostado cien euros a que yo sí lo sabía, sin haber visto las fotos. Empecé a morderme las uñas: sus piezas y mis piezas encajaban como los engranajes de un reloj.

—Yo puedo ayudarte a buscarlos. Si me dejas —le propuse—. Será una forma de conocer mejor a tu padre.

—De conocer mejor a mi padre...

—Será como buscarle en los lugares en los que él estuvo —añadí—. ¿Querrás que te acompañe?

—Es lo que había venido a pedirte —confesó—. Eres el único que lo sabe. En cuanto he visto la foto de los peces he pensado en ti, es como si tú también formaras parte de esto.

Tuve que respirar hondo. «No sabes hasta que punto», pensé. La madeja se estaba enredando demasiado y era imposible dar marcha atrás. Andaba en la cuerda floja, ocultando información a las dos personas que más me importaban en el mundo: a mi madre y a aquella chica que tal vez fuera mi hermana. No quise darme cuenta de que, cuando todo se descubriera, el mundo podría venirse abajo arrastrando a Ángela lejos de mi vida. La verdad siempre sale a flote, como los peces cuando no son de piedra.

XVI. EL MISMO BARRIO, DISTINTAS VOCES

*S*anti, Manu y yo salíamos por los mismos lugares de la zona de Malasaña, por eso no necesitábamos quedar a diario. Nos acercábamos por cualquier local del barrio y encontrábamos a nuestra gente. Parecíamos muchos, lo que ocurría es que el espacio no solía ser muy grande, los bares eran pequeños y convivíamos siempre apretadísimos. No parábamos de bailar, de conversar, de imaginar, de hacer planes descabellados: éramos energía pura.

Casi todas las noches, en La Vía Láctea, aparecía La Paca armando revuelo. Era un travesti grandote, algo mayor que Santi, que vestía de manera imposible: hombreras enormes, collares llamativos, broches dorados y la raya del ojo siempre pintadísima. A los hombres les soltaba piropos, aunque de forma un tanto grosera, y resultaba muy gracioso. Le gustaba especialmente Manu y siempre que entrábamos al bar le dedicaba palabras encendidas:

—¡Qué buena planta tienes, Manuel!

Manu se reía abiertamente, le abrazaba y le invitaba a una copa. Tal vez le gustaba por eso, por su enorme generosidad, tanto como por su innegable atractivo.

—Y tú, sosa —soltaba la Paca dirigiéndose a mí—. ¿Qué haces que no te lo tiras ya?

Yo enrojecía de vergüenza y mis amigos le reían la gracia. Manu le seguía la corriente para regocijo de la concurrencia, que esperaba la respuesta ingeniosa.

—Lo siento Paca. Tienes demasiada competencia. ¿No te das cuenta de que entras a este bar y puedes salir a las cinco de la madrugada agarrado a una tía?

Era la pura verdad, la libertad se manifestaba en todos los ámbitos.

—Sí, sí —contraatacaba la Paca—, pero no con la tía que tú quieres.

Nunca me lo contaron pero supongo que tanto Santi como Manuel ligaban con algunas de las chicas que nos encontrábamos cada noche. Yo era casi una cría al lado de ellos y ambos eran bastante guapos. Muchas me envidiarían por acapararlos durante más tiempo que cualquiera de sus fugaces conquistas.

Una noche, en el Penta, Santi se acercó a una pareja que se encontraba al fondo del local. Eran un hombre delgado, de mirada penetrante, que llevaba tatuajes en el brazo y una chica rubia de ojos claros y aspecto delicado. Santi la miraba con evidente interés y le hablaba al oído, mientras ella sonreía con timidez. Charlaron animadamente durante un tiempo que me pareció infinito. Manu, harto de esperar, sugirió que nos fuésemos a otro lugar, pero me empeñé en permanecer allí, esperándole aunque me quedase sola. En realidad, no deseaba dejar el campo libre a la chica rubia, una oleada de celos me invadió. Conocía bien a Santi, al menos eso creía, y nunca le había visto hablar con tanto entusiasmo, aunque no pudiese escuchar la conversación. Esa chica le interesaba, no me cabía duda, le delataban los gestos y las miradas.

Tras varios cubatas y muchos cigarrillos, hicieron ademán de despedirse. Santi abrazó al hombre delgado y dio dos besos a la chica para después fundirse con ella en un abrazo que me pareció eterno. Luego la tomó de la mano y se dirigió adonde yo me encontraba. Empezaron a temblarme las piernas; si era su nueva novia, no quería saberlo.

—Julia —dijo muy sonriente—. Te presento a Alberto y a Bárbara.

Los saludé con desgana aunque Santi, que solo tenía ojos para ella, no se percató de mi gesto displicente. Para mi alivio, se marcharon enseguida pretextando un compromiso y yo, por fin, pude respirar tranquila.

—¿Sabes quiénes eran? —me preguntó Santi como si debiera conocerlos.

—Ni idea.

—Son Alberto García-Alix y Ouka Leele.

—¿Amigos tuyos? —Aquellos nombres no me sonaban de nada.

—¡Son dos de los fotógrafos más importantes que hay en este país! La conocí a ella hace unos meses, a través de un amigo común, y accedieron a echarle un vistazo a mis fotos. Les han parecido buenísimas. También les han gustado los dibujos, dicen que son muy expresivos, que retratan muy bien esta época de cambios.

—Eso ya te lo había dicho yo antes —le recordé.

—Dicen que tengo talento —insistió—, que podría dedicarme a esto de manera profesional. ¿Te imaginas? Dejar la gestoría y vivir de lo que me apasiona. Haré lo que sea para conseguirlo.

El convencimiento con el que pronunció la última frase me pareció más peligroso que las miradas que le regalaba a la chica rubia. Santi haría lo que fuese para ser fotógrafo, por encima de nuestra amistad, de Manu y de mí. En ese momento tuve la certeza de que al final ocurriría; que su pasión era más fuerte que todo lo demás y que más temprano que tarde, le perderíamos.

Fuimos a sentarnos a la fuente. Me di cuenta de que el pilón tenía forma de trébol de cuatro hojas. Aunque era una señal de buena suerte, esa noche me pareció que los peces no sonreían.

Había quedado con Ángela, delante de esa misma fuente, una hora después de leer cómo mi madre había descubierto que la pasión por la fotografía de Santiago Muñoz estaba por encima del resto del mundo. Y yo sabía, además, que ese resto del universo incluía a su hija y a su familia entera.

El dibujo que ilustraba el nuevo capítulo representaba uno de los bares que nombraba: el Pentagrama. Pensé que era una pena no poder llevárselo a Ángela para que lo viera. La situación me producía una especie de vértigo que no sabía muy bien si era agradable o desagradable. Era como caminar sobre el alambre: cualquier despiste podía resultar mortal. Si hablaba demasiado, Ángela me descubriría. Si pedía explicaciones a mi madre, tendría que ocultarle que la hija de Santi se había convertido en mi amiga inseparable. En medio estaba yo, callado como un zorro, intentado sacar conclusiones sobre mi propio origen.

Nos veíamos en el metro de Tribunal, en la salida de la plaza de Barceló, justo delante de la fuente de los peces. Sabía que me la iba a encontrar agarrada a los barrotes de la verja que separaban la calle del jardín, más que una intuición era una certeza. Por eso, cuando llegué, no me extrañó verla contemplando a los peces de ojos saltones.

—Es una pena que no podamos sentarnos ahí dentro —dijo nada más verme.

Elegimos un banco enfrente del museo. Allí nos acomodamos aprovechando que aún no se había puesto a llover, aunque aquel cielo no presagiaba nada bueno.

—Encontré las fotos en el ordenador de mi padre, en una carpeta con mi nombre —me explicó—. La abrí pensando que tendría fotos mías, de las que me fue haciendo desde que nací, pero me encontré esto.

Había guardado las imágenes en el móvil y me las fue enseñando, al mismo tiempo que todos los huesos de mi cuerpo empezaron a sentir frío, como si de pronto hubiese vuelto el invierno. Algunas de las fotos coincidían exactamente con los dibujos que mi madre había ido dejando dentro del cuaderno. Una de ellas era la entrada del Pentagrama, el mismo lugar que había visto en un papel, apenas una hora antes, dibujado por Santiago Muñoz. Estaban también la Plaza del Dos de Mayo y La Vía Láctea, inconfundibles escenarios de la historia que vivieron Julia y Santi a principios de los ochenta.

—Te has quedado mudo —las palabras de Ángela me hicieron volver al presente.

—¡Ah! —me sobresalté—. Estaba pensando que, si las dejó en una carpeta con tu nombre, será porque quería contarte algo con ellas. Especialmente a ti.

—¿Te suenan?

—Creo que sí. ¿En qué año nació tu padre? —pregunté, como si no recordara la fecha que había grabada sobre la lápida del cementerio.

—En 1953.

—¿Y siempre vivió en Madrid? —insistí, como si no lo supiera.

—Sí, menos una temporada que se fue a Londres.

—Eso quiere decir que pasó en Madrid los años 80, la época de la movida. Tendría menos de 30 años por entonces. Todos estos sitios que fotografió tu padre tienen que ver con la movida madrileña —conté, en plan experto.

—¿Y tú cómo sabes tanto de esa movida? ¿También lo has buscado en Internet?

—Tengo un amigo, Dani, al que le gusta todo eso. ¡No veas qué rollos nos pega con el asunto de la movida! El otro día lo acompañé a comprar un vinilo de aquella época, de un tío muy raro que se llamaba Tino Casal. Sé que el Pentagrama y La Vía Láctea eran sitios de moda entonces, se lo he oído contar. Puedo peguntarle...

—¡No! —saltó—. Prefiero que no le hables de mí.

—Demasiado tarde, Dani ya sabe quién eres.

—¿Y qué le has contado? —preguntó alarmada.

—Que he conocido a una chica guapísima con la que me llevo muy bien —era una verdad a medias.

—¿Le has dicho que me conociste en un cementerio?

—No, le he contado que eras amiga de mi primo Fran —improvisé.

—Menos mal. Pensaría que soy una loca.

—Es que lo eres, aunque a veces intentes disimularlo.

Me dio un codazo cariñoso y se rio. Mis huesos empezaron a entrar en calor.

—Seguro que todos esos sitios están por aquí, este barrio fue el centro de la movida. De momento, una de las fotos es de la Plaza del Dos de Mayo. Mira, esta es —la señalé en el móvil—. ¿No la conoces?

—No.

—Pues está aquí mismo. Vamos antes de que se nos quede el culo plano en este banco.

El laberinto de callejuelas del barrio de Malasaña se abría a una plaza llena de terrazas en las esquinas. Las estatuas de Daoiz y Velarde, héroes madrileños del Dos de Mayo, nos recibieron delante de un arco, que perteneció al cuartel destruido en 1808 durante la Guerra de Independencia. En el año 1981, a mi madre le gustaba contemplar a la gente desde la ventana de la buhardilla que su amigo Santi tenía allí mismo.

—Es chula esta plaza —dijo Ángela.

—Por las noches estará más animada aún. Y en los 80, ni te cuento.

—¿Crees que él pasearía por aquí?

—Seguro. Es más... puede que viviera por aquí —me atreví a decir—. ¿Sabes tú dónde vivía entonces? ¿En casa de tus abuelos? —pregunté como si no lo supiera. Me estaba convirtiendo en el rey del disimulo.

—Los abuelos eran de un pueblo de Toledo y él se vino a Madrid, pero no me contó dónde vivía ni a qué se dedicaba antes de ser fotógrafo.

—Pues vamos a imaginar que tenía su casa en este sitio. ¿Qué te parece?

Empecé a señalar los diferentes edificios de la plaza mientras ella me seguía con el convencimiento de quien persigue la verdad.

—¿Qué te parece esa buhardilla de ahí? —dije señalando la que se encontraba enfrente del monumento a Daoíz y Velarde—. Podría ser la casa de un fotógrafo bohemio en los años 80.

Ángela miró hacia arriba, luego se fijó en el portal del edificio y en la fila de balcones de cada piso.

—Me gusta —soltó—.Tienes razón, le pega mucho. Es genial, parece que le conocieras.

Noté cómo me ardían las orejas, eso quería decir que me había puesto rojo como un tomate. Temí que el color de mi piel delatase que yo no era más que un impostor y que sabía mucho más de lo que ella podía imaginar.

Luego busqué en el móvil la dirección de La Vía Láctea y del Pentagrama y comprobé que se encontraban a escasos metros, en las calles Velarde y Corredera de San Pablo.

Llegamos al primero, vimos el cartel con letras de neón sobre una puerta pequeña, pero estaba cerrado a cal y canto.

Tanto, que parecía que llevase décadas sin haber sido abierto: la puerta llena de grafitis, la fachada descolorida...

—¿Estás seguro de que esta Vía Láctea sigue funcionando?

—Creo que sí, pero es muy temprano. Aquí la gente viene a partir de las diez de la noche, por lo menos —deduje.

En ese momento, un hombre con una carretilla llena de cajas se paró ante la puerta y levantó el cierre metálico. Nos asomamos con disimulo y solo pudimos comprobar que el bar estaba oscuro y no parecía demasiado grande.

Después nos acercamos al Pentagrama, que sí estaba abierto. En la puerta indicaba que aquel era uno de los templos de la movida pero dentro, a aquellas horas en las que salíamos los adolescentes, no había ni un alma. Sonaba música ochentera, una canción que no reconocí. Intenté recordarla para después preguntarle a Dani, pero no fui capaz. El local era más grande que el anterior y estaba lleno de fotos de Antonio Vega, cantante del grupo Nacha Pop, que tanto le gustaba a mi madre. Era el autor del tema *La chica de ayer,* que marcó el encuentro entre Santi y Julia en ese mismo lugar.

Lo miramos todo con ojos muy abiertos y yo con el corazón encogido por la emoción. Eran los escenarios de la historia entre su padre y mi madre, los territorios en los que se conocieron y se quisieron.

—Ya has visto los bares a los que iban —dije al salir del Penta.

—¿Iban? —No se le había escapado el plural que, sin querer, yo había pronunciado.

—Bueno... —intenté rectificar—. Seguro que no venía solo a estos sitios...

—Eso me gustaría a mí saber: con quién venía, quiénes eran sus amigos... eso no me lo contó nunca, ni lo dicen las fotos.

—Intenta imaginarlo en este sitio lleno de gente y de humo, porque entonces se podía fumar dentro de todas partes.

—Sí —suspiró—. Y mi padre sería el que más fumaba de todos, seguro.

—Aquí venía gente como Almodóvar, Alaska, Antonio Vega... Seguro que tu padre conoció a alguno. Hubo también fotógrafos importantes en la movida —aseguré.

—¿Todo esto te lo ha contado tu amigo Dani?

—Sí, aunque entre tu padre y él han conseguido que me interese por los 80 y he buscado más información.

Seguimos paseando por Malasaña y descubrimos que era un barrio divertido, lleno de tiendas raras, de restaurantes y de gente muy diversa. Lo fotografiamos todo con nuestros móviles y aproveché para hacerle a Ángela algunas fotos en las que salió guapísima. Las hijas de fotógrafos deben de ser fotogénicas de nacimiento. Hacía tiempo que no me divertía tanto y no era solo por las tiendas. Nos lo estábamos pasando tan bien que no nos dimos cuenta de la hora que era, hasta que la madre de Ángela la llamó para ver dónde se había metido. Ella contestó con cierto apuro y me pidió que la acompañara al metro.

Nos despedimos en la estación de Gran Vía, donde ella debía hacer transbordo. La acompañé al andén de la línea 5 y justo cuando el tren entraba, haciendo un ruido infernal, escuché como salían de sus labios unas palabras que no olvidaré nunca a pesar de que tengo mala memoria:

—Gracias, Jaime. Me estás ayudando mucho. Nunca había tenido un amigo como tú.

Las puertas del vagón se cerraron pero nos seguimos mirando a través del cristal hasta que nos perdimos de vista.

XVII. CANCIÓN PARA JULIA

*E*n *la misma primavera de 1981, cuando conocí a Santi y Manu, inauguraron la mítica sala Rock-Ola, de la que ya solo queda el recuerdo. La primera vez que acudí allí a un concierto fue con ellos. Santi ayudaba a unos amigos, dueños de una productora de cine, a realizar una grabación. Actuaba Nacha Pop, mi grupo favorito, y casi no pude dormir de la emoción la noche anterior.*

Santi y sus amigos habían grabado un vídeo del grupo tocando, vestidos con chaqué, y pensaban proyectarlo en una pantalla situada en el escenario antes de que ellos salieran. Fue apoteósico. Las luces de la sala se apagaron, solo se veía la pantalla con ellos comenzando la melodía. En el momento exacto en que sonaban los acordes de la batería, el escenario se llenó de luces y ellos en persona irrumpieron con sus guitarras y sus voces. El público gritó enfervorizado, yo la primera.

Santi nos contó que Antonio Vega les había felicitado, estaba sorprendido por el efecto logrado con el vídeo.

—*Algún día tocaré para ti en un sitio como este —me dijo Manu al oído en plena actuación de Nacha Pop.*

—*Siempre que vamos a un concierto me dices lo mismo —le respondí con tono burlón.*

—*Y siempre te lo digo en serio, ya lo verás. Estoy a punto de formar un grupo. Solo nos falta un bajista en condiciones —aseguró.*

Y tenía razón. En los meses siguientes no paró de hablar del grupo, de las canciones que estaba componiendo, de lo bien que sonaban, pero no nos dejó acudir a ningún ensayo. Yo se lo pedí pero él se negó diciendo que era una sorpresa. Santi le animaba muchísimo, supongo que estaba más al tanto que yo de los avances de Manu y se comprometió a dibujarle la portada del disco cuando lo publicasen. Manu estaba exultante, nunca le habíamos visto tan activo:

—Le sienta bien la música a tu amigo —me decía Santi—. Me alegro de que vaya encontrando su camino. Ahora solo faltas tú.

—Mi camino sois vosotros dos —protestaba yo—. Os seguiré adonde vayáis.

—Ese no es tu camino, chica de ayer, es el nuestro —se reía—. Tú debes buscar el tuyo. Nosotros solo podemos caminar un rato a tu lado.

Yo no quería escucharle, deseaba creer que aquel tiempo sería eterno, que siempre seríamos tres amigos de copas por el barrio de Malasaña. Pero el futuro no fue así. Nunca es como planeamos. No fue así porque en ese futuro había olvidado la parte que me tocaba. No podía seguir siendo siempre una observadora de la vida, debía empezar a vivirla.

Por fin, una noche, Manu llegó pletórico y nos anunció que la semana siguiente su grupo, Los Huecos, debutaría en la sala El Sol con un concierto de una hora. Tocarían canciones de moda y otras originales, casi todas compuestas por él.

Por aquel entonces proliferaron los grupos musicales. Entre los cientos que surgieron hubo gente que consiguió cierta fama pero la mayoría se disolvieron, desaparecieron como azucarillos en el agua. Algunos tocaban muy mal pero eran simpáticos y divertidos, lo hacían por puro entretenimiento.

Manu y sus amigos sonaban bastante bien, el hecho de que actuasen en El Sol les daba un cierto prestigio. La noche del estreno,

Santi y yo nos vestimos con nuestras mejores galas, recuerdo que me compré una minifalda rosa y un jersey del mismo color con enormes hombreras. Santi se había puesto una chaqueta que le sentaba muy bien. Entramos agarrados del brazo. Había gran expectación: Manu y el resto del grupo habían logrado reunir a un buen número de amigos, la sala rebosaba de jóvenes ávidos por escuchar la novedad. Entre el gentío, vi por primera vez a Tino Casal, que aún no era demasiado famoso aunque ya había sacado algún disco. Llevaba unas hombreras el doble de grandes que las mías y a su lado iba un tipo vestido de picador.

El concierto empezó con la canción Para ti, *del grupo Paraíso. La entoné a voz en grito y sentí que Manu la cantaba para mí, porque cambió la letra original para que coincidiera con mi edad:*

«Para ti que solo tienes veinte años y un día...».

Tenía una voz potente, varonil y dulce al mismo tiempo. Encima del escenario se duplicaba su atractivo, nunca me pareció tan guapo como aquella noche. Estaba tan orgullosa de que fuera mi amigo que me planté justo delante del escenario para no perderme ni uno solo de sus gestos.

Todos saltábamos, bailábamos, bebíamos y fumábamos al mismo tiempo, envueltos en una nube de humo gris. La vida era tan divertida que pensabas que la fiesta no se iba a acabar jamás. Santi me abrazaba cada vez que terminaba una canción y yo me sentía flotar por encima de las baldosas de la sala El Sol.

—¡Qué hombre tan hermoso! —exclamó La Paca, también en primera fila.

Por nada del mundo se habría perdido el debut de Manu. Se había vestido con la estridencia habitual y lo miraba, arrobado, sin pestañear.

—Si después de esto no te enamoras de ese hombre es que estás loca, querida. O eres más sosa de lo que yo pensaba.

No le contesté, nunca me sentí capaz de hacerlo. Pocos se atrevían a retar a lengua afilada de La Paca y menos yo, que solo era una niñata anodina a su lado.

Antes de cada canción, Manu hablaba al público para explicar por qué habían decidido interpretarla esa noche. Dedicaba cada tema a una persona distinta, incluida su madre que, por supuesto, no se encontraba presente. Hasta hubo una canción para La Paca, que rompió a llorar de pura emoción:

—Paca, eres la sal de todas las fiestas. Sin ti, Madrid sería un aburrimiento.

El público jaleó la dedicatoria y el aludido alzó los brazos en señal de triunfo. En algo nos parecíamos La Paca y yo en ese momento: nunca en nuestra vida nos habíamos sentido tan importantes, aunque no hubiésemos hecho nada para merecerlo.

Tocaron Qué hace una chica como tú en un sitio como este, *de Burning, muy adecuada para la persona a quien iba dedicada.*

Lo mejor fue al final, la última canción. Manu me hizo una señal con la mano para que me acercase aún más.

—Este último tema es el más importante para mí —dijo pegado al micrófono y sin dejar de mirarme—. Lo he compuesto para una persona muy especial. Se llama Julia y es maravillosa. Te dije que algún día te escribiría una canción. Aquí la tienes. Para ti, mi amor, esta Canción para Julia.

Se me saltaron las lágrimas, igual que a La Paca unos minutos antes. Era la canción más hermosa que había escuchado jamás.

> *Julia baila al son de sus zapatos blancos*
> *y yo levito en el salón.*
> *Su desprecio y mi amor se tocan, se dan la mano,*
> *me acurruco en el sillón.*

Garganta y corazón se ponen del revés,
si pierdes la razón no es raro con Julia.
La desesperación deja un sabor extraño en boca del lector.
Hay otro ángel más en el Metropolitano,
por Gran Vía sale el sol.
Que mueran las demás mujeres de Madrid
solo quiero mirar a los ojos de Julia.[1]

Cuando acabó el tema la sala entera se puso a gritar y a aplaudir. Yo sentía que esos aplausos también iban dirigidos a mí porque todos me miraban. Manu descendió del escenario de un salto y me besó en los labios. Esa vez fue un beso largo que no rechacé y que jaleó todo el local, incluida La Paca:

—¡Y parecía tonta cuando la compramos! —exclamó para regocijo del personal.

Después del concierto, seguimos bebiendo toda la noche, yo más que nadie, y acabé en tal estado que mis dos amigos decidieron que sería mejor que durmiera la borrachera en otro lugar que no fuese mi casa. En realidad, mi padre no se habría asustado, ya estaba curado de espanto conmigo. Debió de ser descorazonador para él ver en lo que me estaba convirtiendo. Tan desolado por la muerte de mi madre se encontraba, que no se sentía con fuerzas para tirar de nadie más que no fuera él mismo. Ni en sus mejores sueños habría imaginado que, años después, sería la única de sus hijos que se encargaría de él y que lo cuidaría hasta el final. ¡Cómo lamento ahora haberle hecho sufrir! Cuando somos jóvenes no pensamos en los sentimientos de nuestros padres, solo después de tener hijos podemos comprenderlos.

---

[1] En este link podrás escuchar *Canción para Julia*:
anayainfantil.es/cancionparajulia

Estábamos pletóricos, todo parecía perfecto, la ciudad entera estaba a nuestros pies, triunfaríamos y nadie podría impedirlo. Enseguida me di cuenta, para mi desesperación, que aquella noche mágica no fue el principio de nada sino el final de un tiempo que, a partir de entonces, solo iría cuesta abajo.

—Mi madre conoció a Tino Casal —fue lo primero que le solté a Dani en cuanto cogió el teléfono.

—¡No jodas! —exclamó, para no variar.

—Estuvo en Rock-Ola, en el primer concierto de Nacha Pop —añadí.

—Tienes que contármelo todo —pidió con urgencia.

—¿Sabes dónde estaba Rock-Ola?

—Ya no existe, era el templo de la movida y ahora no sé qué habrá en su lugar —dijo como si hablara de una catedral gótica—. Estaba en la calle Padre Xifré…

—¿Por qué no vamos a ver qué hay ahora? —propuse—. Y de paso te cuento…

—¿Has vuelto a ver a Ángela? —me interrumpió.

—Sí —dije alargando la í—. También te pondré al día de eso. No tardamos mucho en llegar a la dirección correcta. De camino le fui hablando de Ángela y del paseo por el barrio de Malasaña. Dani escuchaba como si, a través de mis palabras, pudiese ver la cara de Ángela y me pareció que se estaba quedando colgado de ella solo por lo que yo le contaba. Luego le enseñé algunas de las fotos que le había hecho en el paseo por Malasaña y ahí fue cuando ya flipó.

—¡Vaya hermanita que tienes! ¡A ver cuándo me la presentas de una vez! —insistió.

Me estaba fastidiando con tanta insistencia y solo se me ocurrió bromear para no quedar como un idiota:

—No me gustas nada como cuñado, Dani. Y, además, creo que no eres su tipo.

En el número 3 de la calle Padre Xifré no había ninguna sala de fiestas, ni un bar, ni siquiera un mísero local de ensayo.

—¡Es un negocio de alquiler de trasteros! —soltó Dani, desolado—. El templo de la movida convertido en un sitio donde guardar trastos viejos. Da mal rollo. El otro día leí que han abierto otro local con este mismo nombre en la calle José Abascal, pero nunca será el original.

Para consolarlo le invité a un refresco en el bar más cercano que encontré. Allí le conté que mi madre había incluido en el cuaderno un dibujo, hecho por mi supuesto padre, de un grupo actuando en Rock-Ola y terminé de explicarle cuándo y dónde conoció ella a Tino Casal. Después le hablé de la historia del grupo Los Huecos y de la canción que Manu le había dedicado a mi madre.

—A lo mejor la encuentras en Internet —aventuró.

—Lo dudo. Si existiera esa canción, mi madre me lo habría dicho —aseguré sin convencimiento.

—De todas formas búscala, por si acaso. Y si no la encuentras, como tienes la letra, puedes inventarte la música y luego la tocamos.

Me pareció una idea estupenda, mejor dicho, dos ideas estupendas. Dani siempre fue mucho más listo que yo, más rápido en darse cuenta de las cosas. Le propuse que viniera a casa a poner en práctica las dos ideas.

En cuanto llegamos buscamos la canción pero, como era de esperar, no apareció por ninguna parte. Estaba claro que el grupo Los Huecos no llegó a triunfar, ni siquiera a grabar un disco ochentero que pasase a la posteridad. Así que decidimos poner en práctica la segunda idea y empecé a componer una

Era algo que no había hecho nunca pero, para mi sorpresa, me resultó muy fácil. Parecía que la música surgía de aquellas palabras con naturalidad, como si alguien me la estuviese dictando, como si el propio Manu me la tararease al oído. Ahora lo recuerdo y se me ponen los pelos de punta.

Dani puso la voz y yo la música con el piano. Quedó bastante bien y la grabamos para enseñársela luego a los del grupo, por si les apetecía que la tocásemos juntos.

Cuando Dani se marchó la escuché varias veces y pensé en Ángela, en lo que me gustaría que ella la escuchase. Decidí volver a grabarla, con mi voz, cambiando el nombre de Julia por el de Ángela, como había hecho con el título del poema de Goytisolo. A pesar de que yo no era un buen cantante, *Canción para Ángela* sonaba tan bien que le di las gracias a ese tal Manu, donde quiera que estuviese.

XVIII. ¿QUÉ ES UNA ANAGNÓRISIS?

*L*a noche del debut de Manu, nos echaron de la sala El Sol casi a *patadas. Aún quedábamos un buen grupo de gente con ganas de continuar la fiesta, como si el día no tuviese veinticuatro horas, pero los dueños ya estaban hartos de tanta juerga. Algunos, que vivían lejos, decidieron dormir la mona en el Retiro; mucha gente lo hacía, sobre todo los fines de semana. Nosotros fuimos en taxi a casa de Manu, que deseaba ser el anfitrión en una noche tan especial. Solo recuerdo que me subieron en volandas en el ascensor y que a la mañana siguiente amanecí acostada en medio de ellos dos, como ocurrió otras veces en la buhardilla de Santi.*

Manu dormía plácidamente, con la sonrisa dibujada en los labios, y Santi despertó casi a la vez que yo.

—Ya tienes tu Canción para Julia *—dijo—. Original y solo para ti, no como el poema que te leí en la buhardilla aquella mañana.*

Por un instante pensé que eran celos, que Santi se mostraba molesto porque su amigo había sabido demostrarme su amor mejor que él. Yo siempre me hacía vanas ilusiones, no quería ver más allá de los ojos azules de Santi.

—Es un tipo genial —añadió—. Manuel y tú haríais una buena pareja. Os podéis hacer mucho bien el uno al otro, sobre todo tú a él.

—¿Y contigo? ¿Yo no haría buena pareja contigo? —solté enfadada.

—Mi querida Julia —suspiró—. Yo no haría buena pareja con nadie. Soy un espíritu libre, no puedo atarme a nada. Eres mi chica favorita, mi niña mimada...

—Tu chica de ayer —le interrumpí—. Nunca la de hoy, jamás la de ahora.

—Tienes que entenderme —pidió—. Estoy haciendo muchos planes...

—Y en ellos no entro yo —dije categórica.

—En los planes de cada uno solo entra uno mismo —aseguró.

—En los míos siempre entras tú. Siempre debe entrar alguien más, si quieres ser feliz del todo.

—¿Qué habláis? —preguntó la voz soñolienta de Manu—. Me habéis despertado.

—Le he dicho a Julia que haríais muy buena pareja —soltó Santi ante mi mirada airada.

—Eso ya lo sabe, ¿verdad, tesoro? Y mi madre también. Anda, ve a buscarla y dile que queremos desayunar —me ordenó.

Cuando hablé por primera vez con doña María, pocos meses después de conocer a su hijo, me pareció una mujer estirada con pinta de marquesa o algo así. Enseguida le caí bien, pensaba que Santi y yo éramos una buena influencia para Manuel. Adoraba tanto a su hijo único que le justificaba casi todas las locuras que hacía y se negaba a ver la realidad. Quizá sí la veía, pero ocultaba su preocupación.

Esa mañana, mientras preparábamos el desayuno, le expliqué lo divertido que había estado el concierto, lo bien que cantaba Manuel (no le gustaba que llamásemos Manu a su hijo) y la canción tan bonita que le había dedicado.

—¡Qué pena no haber estado allí! —suspiró—. Pero esos sitios modernos no están hechos para las viejas como yo. Además, no me gusta esa música ratonera de ahora, eso no es música ni nada. Música es lo que escucho yo en el Teatro Real. ¡Con lo bien que toca el piano Manuel! Me parece que no lo voy a ver nunca actuando en el Real.

Nos reímos solo de imaginarlo. Manuel tocando en el Teatro Real resultaba tan ridículo como Alaska y los Pegamoides cantando en la Ópera de Viena.

A partir de entonces, Manu empezó a estar muy ocupado, al menos eso nos contaba las escasas veces que lo veíamos. Aducía que el grupo le generaba mucho trabajo: ensayos, gestiones... además preparaban la grabación de un disco en una compañía discográfica alternativa, de las muchas que surgieron, llamada Record Runner.

A veces se pasaba por La Vía Láctea para vernos y charlar un rato. Se le veía más nervioso y más delgado. En ocasiones llegaba eufórico, contando mil y un planes sorprendentes. Llegó a decirnos que actuarían en Rock-Ola haciendo de teloneros de Radio Futura, algo que nunca ocurrió. Otras veces aparecía enfadado y decaído porque nada salía como había previsto y no había buena relación entre los miembros del grupo: el batería se largó y tuvieron que buscar a otro, el bajista se fue a un grupo mejor, todos querían ser la voz cantante y Manu no cedía en nada.

Cuando nos encontrábamos se mostraba especialmente cariñoso conmigo, como si yo fuese su novia y él me hubiera abandonado por la música:

—Espérame, Julia —me decía siempre a modo de despedida—. Un día vendré a buscarte y te llevaré al fin del mundo.

Durante ese tiempo me sentí, más que nunca, pareja de Santi. Salíamos juntos casi todas las noches, incluso venía a recogerme a casa, algo que jamás hizo antes, y los ratos en la fuente de la Fama se fueron haciendo cada vez más largos, sobre todo en primavera y en verano, cuando la temperatura lo permitía. Yo seguí inventándome historias para él y Santi dibujaba cada vez más para luego enseñarme los dibujos, bajo la atenta mirada de los peces de piedra.

Pensé que, milagrosamente, yo sí entraba en los planes de Santi, en contra de sus propias palabras. Fui la primera en enterarme de que uno de sus dibujos se publicaría en La Luna de Madrid, la revista más puntera del momento, la más moderna, en la que todo el mundo quería aparecer.

Incluso accedió a que le cuidase durante una gripe tremenda que padeció aquel invierno. Aproveché para hacer algo de limpieza en aquella destartalada buhardilla y tirar los ceniceros rebosantes de colillas.

—Eres un ángel —me decía—. Serías la mejor enfermera del mundo. Hasta tus historias me recuperan.

Fue entonces cuando intenté convencerle para que dejase de fumar. Una tos imparable le impedía hablar más de dos palabras seguidas, pero él se empeñaba en echar un cigarrillo a cada rato.

—Te he traído pipas —anuncié una de aquellas tardes—. Así estarás entretenido, no te acordarás del tabaco y dejarás de toser. Aprovecha esta gripe para algo bueno.

Me miró, incrédulo, pero al final decidió comerlas; eso sí, al mismo tiempo que fumaba. No pude recriminarle nada: yo misma fui incapaz de dejar de fumar, hasta que la vida me planteó una encrucijada irrenunciable.

Durante demasiado tiempo creí, ingenuamente, que siempre seguiríamos juntos. Desconocía que Santi seguía trazando su futuro y que, por debajo de la realidad que yo veía, mis dos amigos excavaban un pasadizo estrecho por el que yo no cabía. Uno de ellos, además, era terriblemente oscuro.

—Me preocupa Manu —me confesó Santi una noche en la fuente—. Creo que se está pasando. ¿No te fijaste en los ojos rojos que tenía anoche?

—Bebe mucho —deduje erróneamente—. No le gustará nada a doña María verlo llegar borracho a casa.

—No es eso, Julia. A Manu ya no le vale con el alcohol —sentenció.

—No es el primero que se droga —aseguré—. Muchos de los que vemos en el Penta o en El Sol lo hacen.

—Eso no quiere decir que sea bueno. Me alegra que tú no lo hagas.

—Para eso te he tenido a ti vigilándome. ¿Recuerdas la fiesta aquella en el piso de no sé quién justo aquí, en la plaza de Barceló? Pasaron bandejas con porros y cocaína y tú no me dejaste coger —le recordé.

—Eres lista y sabes lo que no te conviene. Ahora solo necesitas saber lo que sí te interesa.

Pero yo solo seguía pendiente de ellos, de sus triunfos y de la manera de pasar más tiempo con Santi. Ellos eran el único presente y el único futuro que yo veía.

—¿Sabes una cosa? Creo que ya no me voy a morir con diecisiete años.

Nos habíamos sentado en la cafetería del Círculo de Bellas Artes. Llevábamos toda la tarde buscando y recorriendo los lugares de las fotos que Santiago Muñoz había dejado a su hija, los pocos que nos quedaban después del paseo por el barrio de Malasaña que habíamos hecho unos días antes. Acabamos en el Círculo, donde le propuse que se imaginara las exposiciones de fotografía a las que acudiría su padre en los 80. Luego se empeñó en tomar algo en la cafetería y tuve que aceptar a pesar de que, en aquel ambiente de gente mayor, parecíamos dos pulpos en un garaje. Además, después descubrí que los precios tampoco eran adecuados para los bolsillos de dos adolescentes. Menos mal que el sitio era bonito: había una cristalera enorme que daba a la calle Alcalá y, en el centro de la sala, una escultura de mármol que representaba una mujer desnuda tumbada sobre una piedra blanca.

—¿Y quién te ha dicho que te ibas a morir con diecisiete años? —pregunté intentando aguantarme la risa.

—¿Te acuerdas del nicho ese en el cementerio? ¿El de la chica que se llamaba como yo?

¡Claro que me acordaba! ¡Menudo susto me había llevado! Daba vergüenza pensar que casi creí que Ángela era un fantasma.

—Estaba tan hecha polvo por la muerte de papá que pensé que era una especie de señal macabra anunciando mi propia muerte —siguió—. Y el caso es que me daba igual estar viva que muerta.

—¡Cómo va a dar igual! Tenías que haber pensado también en los demás, en el disgusto que se llevaría tu madre...

—Ahora es cuando empiezo a pensar en eso. No me gustaría morirme en este momento, sobre todo porque has aparecido tú y me estás ayudando mucho.

Bajó la vista como si le diera apuro decirlo y yo me sentí orgulloso de ayudar a mi hermana a recuperar las ganas de vivir.

—Me alegro —fue lo único que pude responder.

—En casa también van mejor las cosas —me contó—. Mi hermano Jacobo ya ha vuelto a reírse por todo, como antes, y mamá está más comunicativa.

—Ves, todo se cura —filosofé, parecía el Cenizo cuando comentaba los textos de escritores muertos—. Mi madre también está más animada, ha vuelto a salir con sus amigos.

—Le he hablado mucho de ti —dijo con una sonrisa del tamaño del ventanal que teníamos al lado.

—¿A quién?

—A mi madre.

Me removí en la silla, no sabía si era buena señal. Hacía unas semanas, o un mes, su madre había hablado con la mía por teléfono para darle la triste noticia de la muerte de Santiago. ¿Qué más sabría ella sobre Julia Gómez? ¿Y si madre e hija empezaban a juntar cabos y terminaban por atarlos a mi cuello?

—No sé si hacía falta... —balbuceé—. Tampoco tiene importancia...

—Sí que la tiene —aseguró—. Le he contado que me estás acompañando a los sitios de las fotos y que, gracias ti, he dejado de ir al cementerio.

—¡Bah! —intenté quitarle importancia—. Eso lo habría hecho cualquiera.

—Sabes que no. Tú lo has hecho desinteresadamente. Eres buena persona.

Desinteresadamente. ¡Qué palabra tan chula! Y qué falsa en este caso. Nadie podía tener más interés que yo en hablar con ella sobre su padre. El día que se descubriera el pastel lo perdería todo. Cada vez me lo repetía a mí mismo más veces y más alto. Jaime, la vas a cagar y bien cagada.

—Le dije a mi madre que me hablase de papá, que lo necesitaba —siguió—. Ayer me contó algo alucinante que yo no sabía.

Esperaba que eso tan alucinante no fuese que su padre tenía un hijo secreto de la misma edad que ella, o tal vez sí era lo que yo deseaba escuchar.

—Me contó que papá le pidió que se casaran en el cementerio de San Isidro.

—¿Pero qué fijación tenéis los Muñoz con los cementerios? —bromeé—. No habría sido mejor en un sitio así, bonito, como este.

—Habían ido al entierro de un amigo y mi padre estaba hecho polvo, como yo cuando me conociste. Se quedaron un rato allí solos, delante de la tumba, cuando toda la gente se había ido ya. Le dijo que siempre se había sentido un espíritu libre, pero que se había dado cuenta de que su vida también influía en las de los demás. Se culpaba de no haberse implicado nunca en los problemas ni en los deseos de quienes le rodeaban. «Quiero cambiar», le dijo. Y le propuso que se casaran y tuvieran un hijo para no pasar por la vida como el humo y para no ser de piedra como los peces.

—¿Eso le dijo?

—Más o menos. Mi madre no se lo podía creer. Pensaba que papá jamás se comprometería, y menos que desearía tener hijos. Ella, que sí quería, estaba a punto de dejarlo cuando él le pidió que se casaran. De todas formas, mamá le conocía bien y sabía que, en el fondo, siempre sería un espíritu libre.

—Es genial que te haya contado todo eso, quiere decir que ya no te considera una niña. Las madres se piensan que somos unos críos y que no vamos a entender las cosas de la vida —dije pensando en la mía y en mí mismo.

—¿Tu madre te ha hablado de tu padre? Como tenías dos años cuando se murió... —preguntó.

Eso me pasaba por hablar de más, ¡a ver qué le contaba yo! Me sentía incapaz de inventarme la vida de un padre inexistente, hasta ahí no llegaba mi imaginación, ni mucho menos.

—Ahora es cuando empiezo a saber algo. Pero mi padre no era tan interesante como el tuyo —improvisé.

—Me contó algo más —continuó ella y yo respiré aliviado—. Después de enseñarle las fotos de papá, me dijo que ella había visto unos dibujos buenísimos, de esos mismos sitios, que hizo él cuando era joven.

—¿Unos dibujos? —salté en la silla y se me pasó de golpe el alivio.

—Sí, de los años ochenta más o menos.

—¿Y dónde están? ¿Te los ha enseñado tu madre?

Pregunté como si no supiera que la respuesta era «no», porque esos dibujos no los tenía su madre sino la mía. Eran esos, estaba seguro. Nuestras historias personales cada vez se cruzaban más: ya no caminábamos en paralelo en busca de la verdad sobre Santiago Muñoz, en cualquier momento nos íbamos a dar de bruces.

—No tiene ni idea de dónde pueden estar —continuó—. Mi madre los vio cuando eran novios, antes de que se casaran, pero luego desaparecieron. Él decía que los tenía todos archivados en la casa del pueblo del abuelo porque había más espacio que en la nuestra. Años después, cuando mi madre le preguntó, él le dijo que ya no los tenía, que se los había regalado a una amiga. Ella no le preguntó a quién, porque cuando se casaron hicieron un trato: el pasado de cada uno era privado.

¡Qué pillín, Santiago Muñoz! Nada de preguntas sobre el pasado. Así no tendría que hablar de Julia Gómez, ni del hijo que habían tenido juntos. Por eso Ángela no sabía nada sobre los años locos de su padre, nada sobre la movida ni sobre los excesos, nada sobre los amigos inseparables que tuvo. Nada sobre mi madre ni sobre mí.

—Me encantaría encontrar esos dibujos —suspiró—. La pintura es lo que más me acerca a mi padre y en los últimos años él apenas dibujó, la fotografía le absorbía demasiado. Saber dibujar es la mejor herencia que nos ha dejado. Jacobo, mi hermano, pinta genial, para lo pequeño que es.

—Es una herencia muy buena —solté—. ¡La de cosas que estás descubriendo!

—Sí. Es como lo que nos explicaba Arancha el otro día en clase de latín.

—¿Eres capaz de encontrar relación entre las clases de latín y la vida real? Eres un fenómeno, tía.

—No es tan aburrido como crees —soltó una carcajada que sonó muy musical, pensé en incluirla en mi próxima banda sonora—. La profe nos contó lo que era una anagnórisis.

—¿Una qué? —en mi vida había oído esa palabrota.

—Es un término griego. Una anagnórisis es una revelación, algo que desconoces y, de pronto, te enteras. Eso es lo que siento yo ahora. Estoy descubriendo a un padre que no conocía.

Exactamente igual que yo, pensé. ¡Lo mío sí que era una auténtica anagnórisis! De pronto me había enterado de que tenía padre y hermanos. Los griegos se inventaron la palabreja para mí varios siglos antes de Cristo, para describir exactamente mi situación en el siglo XXI. ¡Qué listos los griegos y qué capacidad para ver el futuro!

XIX. SOBRE UN VIDRIO MOJADO ESCRIBÍ TU NOMBRE

*S*anti nos citó una tarde a Manu y a mí en la buhardilla, tenía *algo importante que contarnos. Yo aparecí antes de la hora fijada pero no quiso adelantarme nada, esperaríamos a la llegada de Manu, que se retrasó más de lo habitual. Llegó con aspecto de no haber dormido, pálido y ojeroso.*

—¿Qué mosca te ha picado? —fue la pregunta que soltó a modo de saludo en cuanto le abrimos la puerta.

—Tengo buenas noticias, y quiero que seáis los primeros en saberlo.

Imaginé mil cosas: que sus fotos habían ganado algún premio, que sus dibujos se expondrían en la galería Buades o que diseñaría la próxima portada de la revista La Luna de Madrid; *pero, para mi desconsuelo, ninguna suposición fue la acertada.*

—He dejado la gestoría —anunció solemne—. Por fin puedo librarme de un trabajo que no me gustaba.

—¿Y eso? ¿Te han hecho fijo en la revista esa para la que colaboras? —quiso saber Manu.

—En La Luna *no pagan a nadie y todo esto se me queda corto —aseguró—. Me voy a Londres.*

La frase retumbó como un terremoto en mi cabeza y echó abajo todos mis sueños. No podía ser verdad, lo que acababa de escuchar no lo había pronunciado Santi, era como un eco remoto, como si perteneciera a los diálogos de una película ajena a la realidad.

—¿A Londres? ¿Y qué se te ha perdido en Londres? —gritó Manu, indignado—. ¿Te han dado trabajo en un periódico o algo así?

—Nada, no tengo nada allí —confesó—. Voy a buscarme la vida. Me han dado algunos contactos interesantes: gente que trabaja en agencias de noticias, directores de revistas...

—¡Estás loco! —soltó Manu—. Dejas un sueldo seguro por una aventura descabellada.

A Manu, incrédulo como yo, le temblaban las manos y estaba fuera de sí. Su reacción resultó más violenta que la mía, nunca lo había visto tan descompuesto. Yo les escuchaba discutir pero me sentía incapaz de intervenir.

—Además, no tienes ni idea de inglés —insistió.

—He hecho un curso intensivo y tenía buena base del instituto —aseguró Santi.

—No conoces a nadie. ¿Dónde vas a vivir?

—Eso ya se verá. ¿No lo entiendes? Es lo que siempre he ansiado, dedicarme a lo que realmente me gusta. Ya va siendo hora de dar algún paso al respecto. Si sigo en Madrid, nunca saldré de la gestoría. Y no es el futuro que deseo. Los dos lo sabéis, mejor que nadie.

—No te vayas —musité, al fin—. No nos dejes.

Eso era lo único que me interesaba y también lo único que le importaba a Manu. Ninguno de los dos queríamos perder a Santi, nos daban igual sus sueños porque necesitábamos su compañía.

—¿Qué vamos a hacer si ti? —dije tragándome las lágrimas.

Santi me abrazó con ternura. Solo era una niña desvalida, abandonada a la intemperie.

—Seguid con vuestra vida, cada uno debe vivir la suya. Estaba claro que algún día tendría que dar el paso y ahora es el momento. Era inevitable que esto ocurriera.

—¿No has pensado en nosotros? —preguntó Manu.

—No tiene sentido que insistas. He pensado en mí mismo. Es mi vida, no la vuestra. No se puede detener lo que se desborda.

—¿Volverás pronto? —pregunté, desolada.

—Espero que no. Si vuelvo pronto será mala señal. Debéis desearme que no vuelva. No puedo dejar pasar esta oportunidad. Tengo que subirme en este tren o me arrepentiré siempre.

—¿No te arrepentirás de habernos dejado tirados en la estación? —dijo Manu con voz crispada—. Pareces de piedra.

«Como los peces de la fuente», pensé. Estuve a punto de recordarle aquella sentencia tan nuestra: no seas de piedra, como los peces.

—No soy tu padre, Manuel —zanjó Santi mirándole a los ojos.

—¡No quiero seguir oyéndote! —gritó Manu.

Y salió dando un portazo que resonó en la buhardilla y en mi corazón. Después del golpe llegó el silencio, un silencio espeso que se podía cortar y que revelaba la distancia que ya se interponía entre nosotros. A Santi le habría aliviado que yo hubiera huido de allí dando otro portazo, pero el miedo y la incredulidad me habían dejado noqueada e inmóvil.

—Tienes que volver a estudiar —me aconsejó—. Eres lista y sabes cuidar de la gente. Además, eso te gusta. Deberías escribir las historias que cuentas, las que improvisas con tanta facilidad. Recuerda el poema, Palabras para Julia, que te copié: la vida ya te empuja, como un aullido interminable. Nunca digas no puedo más y aquí me quedo. Otros esperan que resistas, que les ayude tu alegría. No desaproveches la vida, no seas de piedra, como los peces. No te quedes mirando cómo pasa la gente a tu lado, cómo pasa la vida por tu lado.

Asentí con la cabeza, incapaz de pronunciar una palabra afirmativa. Ignoraba cómo cumplir sus recomendaciones si él me faltaba, sin su mano señalándome qué dirección tomar. En realidad, era el camino lo que Santi me estaba mostrando con sus consejos y con su actitud ante la vida.

—Cuida de Manu —siguió—. Te va a necesitar. Él es menos fuerte. Tú sabes bien lo que no te conviene, pero él no tiene quien se lo diga y yo no estaré para repetírselo. ¿Sabes cómo le conocí?

—Nunca me lo habéis contado, pero supongo que no fuisteis al mismo colegio.

—Apareció por la gestoría acompañando a su madre, pocas semanas después de quedarse huérfano —explicó—. Me pareció un niño perdido y ella, una mujer desolada. Querían que nos encargásemos de todos los papeleos de la herencia y así lo hicimos. Unos días después me lo encontré en el Penta, hablaba con unos tipos que yo conocía de vista y que no me gustaban nada, de esos que andaban trapicheando con droga. Se acercó a mí, parecía contento de verme y se quedó a mi lado el resto de la noche. Al día siguiente me lo volví a encontrar y se me pegó como una lapa. Al principio me fastidió, yo siempre he preferido ir a mi aire, pero luego me di cuenta de que era mejor que Manu estuviese conmigo que con otras compañías. Creo que encontró en mí al padre que le faltaba. Además, enseguida me di cuenta de que era un buen amigo, divertido y generoso. Una de las mejores personas que he conocido.

—Le hará daño que te vayas —aseguré—. Y a mí también.

—Lo sé, pero si me quedo por vosotros os lo echaría en cara siempre.

Un par de días tardó Santi en desaparecer de Madrid y de nuestras vidas. Al principio, reaccioné como una niña enfadada: me encerré en mi cuarto a lamentarme y a escuchar música. Sonaba constantemente La chica de ayer, *que me empujaba a recordar los tiempos felices.* Déjame, *de Los Secretos, me hacía pensar que había dejado escapar mi oportunidad de estar para siempre con Santi. En mi cabeza no hacía más que repetir «Nada es igual», parte del estribillo del tema* Sobre un vidrio mojado. *Me sentía como una estatua en el jardín botánico, lo mismo que la canción de Radio Futura.*

Pasé horas abrazada al disco de Nacha Pop que mis dos amigos me regalaron por mi cumpleaños. «A la chica de ayer, con amor: Santi y Manu», pusieron en la dedicatoria. Yo solo deseaba que se hiciera realidad de nuevo ese amor que nos mantuvo juntos durante un tiempo que se había esfumado demasiado deprisa. La realidad me demostraba que no éramos inseparables, que nada era para siempre.

Mi padre, desesperado, aporreaba la puerta de mi cuarto para que bajase el volumen de la música y, sobre todo, para que saliera una vez del encierro. De lo que ocurría fuera solo me interesaba el programa La edad de oro, *que ponían los martes en la tele, porque reflejaba el mundo que había vivido en esos años: los más intensos y los más verdaderos de mi vida. Eso creía entonces.*

Hasta que empezaron a llegar cartas de Santi a mi casa, pero a nombre también de Manu. Eso nos obligaba a quedar para leerlas (aunque yo las hubiese leído antes varias veces) y para responder de manera conjunta. Cuando nos citábamos, casi siempre en el Café Comercial, Manu aparecía tarde y con aspecto de acabar de levantarse, aunque fuesen las ocho de la tarde. Éramos dos cachorros abandonados que no supieron consolarse el uno al otro. Santi nos contaba sus avances en Londres, la gente a la que estaba conociendo y las posibilidades que le surgían. Seguía insistiendo en que nos ayudásemos, pero la espantada a Londres de nuestro amigo nos desunió más que unirnos.

En realidad, la responsable de que nos distanciásemos fui yo. Manu quiso aprovechar la coyuntura para intentar un nuevo acercamiento, pero yo lo rechacé de plano y me mostré con él más arisca que nunca. Hice mal y lo lamento más que nada en mi vida. Santi llevaba razón: Manu me necesitaba y yo no lo quise ver, ni siquiera cuando ya era tarde.

Santi también insistía en el asunto de los estudios: «¿quieres convertirte en una borrica?», me preguntaba en una de sus cartas. La pregunta me zarandeó y tocó mi orgullo. ¿Yo, una borrica? No estaba dispuesta a serlo, ni a parecerlo. Yo me había codeado con fotógrafos y artistas de moda, había acudido a exposiciones y a conciertos importantes, me había visto todos los ciclos de películas clásicas de la filmoteca. Yo no era una borrica, pero solo podía certificar que había terminado el bachillerato.

Con más rabia que convencimiento, me matriculé en Enfermería. Se me daba bien cuidar de la gente, quizá aquel fuese mi futuro. Mi padre se mostró incrédulo cuando le pedí dinero para matricularme en la universidad, pero me habría dado hasta el último céntimo con tal de verme cambiar de vida.

Enseguida empecé a sentirme a gusto en las clases y con mis nuevos compañeros. No me resultaba complicado estudiar y las prácticas me revelaron que, de verdad, aquel era mi destino. De vez en cuando, si tenía tiempo, escribía una especie de diario que no conservo y también relatos, parecidos a los que me inventaba en la fuente los peces de piedra.

El camino se había bifurcado y Santi se había marchado por otra senda muy distinta de la mía. Las cartas fueron escaseando, Manu y yo dejamos de quedar para responder, pues siempre era yo quien acababa escribiéndolas, hasta que un día dejé de hacerlo. No contesté a Santi y él dejó de enviar cartas a mi casa. Desaparecieron para siempre del buzón los sobres con remite londinense.

Era triste el final de la carta ese día. Intentaba imaginar el disgusto de mi madre al perder de vista a su mejor amigo: la vida la alejó de quien ella se sentía inseparable. Me faltaba saber cómo y cuando regresó Santiago Muñoz a su lado, porque estaba claro que la historia entre ellos no había acabado ahí. Supongo que en el siglo XXI es más fácil mantener el contacto con alguien que se marcha lejos porque existe Internet, los teléfonos móviles, las redes sociales, las *webcam* y todo eso. Me daría una pereza tremenda si solo pudiera comunicarme con un amigo por carta: eso del boli, el papel, el sobre, el sello... parece de la prehistoria.

Habían pasado un par de semanas desde la tarde en el Círculo de Bellas Artes con Ángela y, aunque no habíamos vuelto a quedar, habíamos usado todos los medios posibles para seguir en contacto. Le enviaba un montón de mensajes al día, que ella contestaba al instante. Además, cada noche charlábamos un rato largo mirándonos a la cara a través de la pantalla del ordenador. Hasta las clases se me hacían menos pesadas y los exámenes más soportables porque en los descansos ella me contaba algo, aunque fuesen sus avances en latín o las chorradas que decían sus compañeros en clase. Me preguntaba si nos habríamos convertido en dos hermanos inseparables, si nuestra relación era fraternal o simplemente amistosa.

—Es genial esto de tener una hermana —le dije a Dani una tarde en su casa, después de contarle el último paseo con Ángela por el Madrid de nuestros padres.

—¡Qué dices! ¡Es un coñazo! —gritó—. ¡Cómo se nota que no tienes una de verdad! Las tías en casa son una pesadilla: todo te lo discuten y, al final, siempre se salen con la suya. La relación con una hermana no es nada fácil.

—¿Estás seguro? —pregunté.

—Bueno, supongo que me pasaría igual si fuese un hermano, siempre hay rivalidades. Pero de esto sé más que tú. Tengo dos hermanas... y tú ninguna reconocida. Lo que pasa es que la relación que tienes con Ángela no se parece en nada a la de dos hermanos normales —aseguró—. No sois dos hermanos, sois dos amigos. Además, tú aún no lo sabes seguro y ella no tiene ni idea.

—En eso tienes razón.

—¿Has pensado ya qué va a pasar cuándo se entere de la verdad? —dijo muy serio.

—No lo he pensado —confesé.

—Tienes una bomba en las manos.

—Espero que no me estalle en la cara. No quiero perder a Ángela.

—Pues ve pensando en cómo y cuándo le vas a contar todo esto.

No dejé de darle vueltas al asunto, a cada momento. Aún me faltaba información: no podía asegurar que Santiago Muñoz fuese mi padre ni, en caso afirmativo, por qué motivo accedió a serlo. Tampoco quería adelantar acontecimientos; aunque si le preguntaba abiertamente a mi madre, posiblemente me contestaría. Ya no era la mujer decaída de unos meses antes, había recobrado las ganas de vivir, como Ángela, y seguramente estaría dispuesta a responder a todas mis dudas. Quizá las estuviera esperando. Era yo quien no lo deseaba. Me gustaba aquella incertidumbre que me acercaba muy lentamente a Ángela. Me había acostumbrado a esa cuerda floja que me permitía compartir el tiempo con la chica que podía ser mi hermana sin estar seguro de ello, leer los capítulos que me escribía mi madre e imaginar a sus protagonistas sin llegar al final de la historia. Si ella me decía la verdad, se acabaría la carta. Y yo deseaba seguir leyendo y dudando. La verdad me obligaría a confesar.

La verdad podía alejarme de Ángela para siempre.

Quedar con ella me ponía contento. Por eso, cuando me llamó para contarme que había hecho un descubrimiento interesante le propuse que nos viéramos un rato, a primera hora de la tarde, en algún lugar que nos viniera bien a los dos. Nos citamos en Atocha, a mitad de camino entre mi casa y la suya, en la plaza peatonal que hay frente al Museo Reina Sofía donde siempre hay sitio para sentarse, aunque sea una piedra de granito sin respaldo.

La vi llegar a lo lejos y, en cuanto me localizó, agitó los brazos y echó a correr, como si yo me fuese a marchar de aquel banco de piedra.

—¡Qué bien, verte después de tantos días! —dijo mientras me abrazaba. Era la primera vez que se mostraba así de efusiva.

Iba a contestarle que ya nos veíamos todos los días a través de una pantalla, pero me di cuenta de que el ordenador no permitía abrazos como aquel y me limité a sonreír. Era una nueva Ángela, distinta a la chica triste que leía poemas de cementerios y comía pipas encima de una lápida. Me alegré por ella, por los dos.

—He dibujado bastante estos días —me dijo—. Ya no son panteones del cementerio de San Isidro.

Sacó su inseparable cuaderno y fue enseñándome las láminas. Eran sobre todo retratos. No parecían hechos por una chica de dieciséis años, sino por un adulto con oficio.

—¡Son buenísimos! —exclamé sorprendido.

—Esta es mi madre —me fue explicando—, este es Jacobo...

Se quedó muda un rato, ante uno de los dibujos. Representaba a un hombre y no necesitó decir nada para que yo supiera quién era. Intenté buscar mis propios rasgos en el rostro de Santiago Muñoz que había retratado su hija, pero no encontré ninguno.

—Era muy guapo —dijo ella—. Seguro que tuvo muchas novias, pero a mi madre nunca le contó nada.

—¡Vete a saber! —solté para disimular. Cada vez me costaba más callarme lo que sabía.

—Pero tú lo eres más aún —dijo al tiempo que me enseñaba la lámina en la que me había dibujado.

—¡Está genial! —hablé, cuando pude—. Se me reconoce perfectamente. ¡Eres una artista!

—Empecé este retrato poco después de conocerte. ¿Te acuerdas del día aquel que me rescataste de la tormenta en el cementerio? Pues estaba intentando dibujarte, pero no me salía y la lluvia acabó emborronándolo.

—¡Qué cosas! Yo creí que era tu padre —lo recordaba perfectamente— y pensé que se parecía a mí.

—Bueno, un aire sí os dais —admitió—, aunque no tengas los ojos azules.

—¿Me lo regalas? —le pedí.

—Claro, lo he traído para ti.

—¿Era para darme esto por lo que querías quedar? —supuse.

—No. Ya te dije que he hecho un descubrimiento importante. Te va a sorprender.

No imaginaba Ángela hasta qué punto me iba a asombrar. Rebuscó en la mochila y sacó una foto que me puso delante.

—He encontrado esta foto en un álbum de mi padre. No sé quién es esta mujer, pero fíjate que la foto está hecha en la fuente de los peces.

Me quedé mudo y, al tiempo, mis piernas comenzaron a temblar. Yo sí conocía a aquella mujer, incluso sabía el momento en que Santiago Muñoz enfocó el objetivo de la cámara. Era mi madre con bastantes años menos, pero totalmente identificable para cualquiera que la conociese. Me emocioné al pensar que él no la había olvidado, que conservaba su foto y que recordaba los lugares que habían recorrido juntos.

—Por el color del papel y la vestimenta de la chica, está tomada en los años ochenta ¿no crees? —me preguntó pero no respondí—. ¿Te has quedado mudo?

—Eh... yo... —logré tartamudear—. No sé.

—Es curioso porque no he encontrado fotos de papá con veinte ni con treinta años, es como si no hubiese existido hasta que se casó con mamá. Lo único que ella sabe es que estuvo unos años en Londres, pero tampoco hay fotos. Tendré que buscar más. El cuarto que usaba como estudio de fotografía está lleno de trastos y acabo de empezar a registrarlo. Le he dicho a mamá que yo me encargo de poner orden ahí.

—¿Le has enseñado la foto a tu madre? —pregunté con más miedo que vergüenza.

—Sí, pero no sabe quién es esa chica. Mi madre conoció a papá cuando él tenía treinta y tantos. No tiene ni idea.

Respiré un poco, ignoraba que era un alivio momentáneo.

—Tendrás que seguir buscando —dije esperando que no me hiciera caso.

—Sí, eso haré —aseguró, y yo la creí.

—Yo también te he traído algo —dije para cambiar de tema—. A cambio del retrato que me has hecho.

Saqué el móvil, subí el volumen al máximo y le dije que pegase la oreja.

—Esto te va a gustar —aseguré—. ¡Escucha!

Era la canción que había compuesto para ella, con la letra que Manu se inventó para mi madre en 1983.

—Se llama *Canción para Ángela*.

Empecé a cantarla bajito, mientras sonaba en su oído. Con cada palabra, la cara de Ángela se iba alegrando cada vez más: primero la sonrisa, luego la mirada, después cada esquina de su rostro. Y al mismo tiempo, con cada nota que entonaba, yo me iba dando cuenta de que la letra de aquella canción no era la que se dedica a una hermana. Ángela también lo entendía así, lo vi en sus ojos azules que me miraban de una forma especial, como nunca antes me había mirado una chica, y supe que era demasiado tarde para dar marcha atrás.

Ángela baila al son de sus zapatos blancos
y yo levito en el salón.
Su desprecio y mi amor se tocan, se dan la mano,
me acurruco en el sillón.
Garganta y corazón se ponen del revés,
si pierdes la razón no es raro con Ángela.
La desesperación deja un sabor extraño en boca del lector.
Hay otro ángel más en el Metropolitano,
por Gran Vía sale el sol.
Que mueran las demás mujeres de Madrid
Solo quiero mirar a los ojos de Ángela.

Cuando terminó de sonar, ella acercó sus labios a los míos con una clara intención y yo, más asustado que cuando la creí un fantasma, me aparté de golpe, dejándola desconcertada.

—Yo... no puedo... Lo siento —balbuceé.

Me puse de pie de un salto y escapé a la carrera sin mirar atrás.

XX. UNA LÍNEA HORIZONTAL

Corrí sin parar hasta que llegué a mi casa, sorteando a los peatones con quienes me cruzaba y saltándome los semáforos en rojo. La cara me ardía de rabia y, en un arrebato de furia, le di una patada a una farola. Lo único que logré fue machacarme el dedo gordo y enfadarme aún más. ¿Y ahora qué? Me preguntaba. ¿Cómo iba a arreglar aquello? ¿Habría perdido a Ángela para siempre? ¿Cómo contarle la verdad, si ni siquiera yo la sabía? Había llegado el momento de hablar claro con mi madre, de preguntarle los detalles que desconocía aún de la historia entre ella y Santiago Muñoz. Sobre todo, necesitaba saber por qué había tardado tanto en decírmelo y por qué aquel hombre, que parecía tan estupendo, ni siquiera se había molestado en conocerme.

Abrí la puerta y la llamé a gritos antes de cerrar. Todos los vecinos tuvieron que enterarse. Pero la casa estaba vacía, a pesar de que antes de marcharme ella se había quedado leyendo en su habitación. Al menos eso me había parecido. En realidad se había quedado escribiendo.

Me lancé sobre el cuaderno como si esperase encontrar el mapa de un tesoro o la fórmula de la salvación. En realidad, era algo así lo que deseaba leer.

El tiempo pasó como una ráfaga imparable que me arrastró y me dio la vuelta, para convertirme en una mujer responsable, distinta de la joven frívola que frecuentaba bares y solo deseaba divertirse. Acabé enfermería, enseguida conseguí trabajo y dejé de salir cada noche por los locales de siempre. Mi padre se mostraba feliz por primera vez en muchos años y la época vivida con Santi y Manu se convirtió en un recuerdo borroso. Un recuerdo que aún dolía, si pensaba en la ausencia, pero que me hacía sonreír si me limitaba a repasar los momentos felices.

Comencé una vida nueva, con gente diferente, con un trabajo que me absorbía y con distintos intereses. Hice nuevos amigos, tuve alguna relación esporádica, pero hube de reconocer que ninguno de los hombres con los que salía se acercaba, ni de lejos, a la imagen imponente, arrolladora y atractiva que conservaba de Santi.

A mediados de los noventa entré en crisis. Álex, mi hermano mayor, acuciado por problemas económicos, insistió a mi padre en que vendiera el piso enorme de la calle Apodaca y que repartiese el dinero entre los tres. Era una auténtica crueldad. ¿Adónde iría nuestro padre? Iván, mi otro hermano, encontró rápidamente la solución: me entregaría su parte de la herencia si yo me hacía cargo del padre. Me pagaban para quitarse una carga y tu abuelo era consciente de ello. Me veía convertida en una vieja amargada al cuidado de un padre anciano. Era injusto para los dos. Yo deseaba ser madre pero dudaba de que alguien quisiera compartir la vida con su pareja y, además, con el anciano padre de ella. Me llevaba muy bien con el abuelo, eso ya lo sabes, y para mí no significaba una pesada carga. Así que decidí que, más que una pareja, lo que yo deseaba de verdad era un hijo. Y mi padre me ayudaría a cuidarlo, mejor que nadie. Debería darme prisa, pues la edad no me permitiría esperar mucho más.

Acepté las condiciones de mis hermanos, busqué un piso agradable con tres dormitorios, en un barrio distinto, y empecé la mudanza intentando no pensar en los inconvenientes, sino en la decisión firme que ya había tomado.

Una tarde, en plena vorágine de cajones y maletas, sonó el timbre y abrí creyendo que sería el abuelo que había bajado en busca de más cajas en las que guardar libros.

—¡Hola, chica de ayer! —la voz y la sonrisa inconfundible de Santi reaparecieron en mi vida casi quince años después.

La emoción me desbordó y rompí a llorar. Nunca había llorado así delante de Santi, ni siquiera cuando dijo que se marchaba a Londres. Nos abrazamos y nos miramos fijamente, buscando en los ojos del otro a la persona que fue en un tiempo pasado.

—Estás guapísima —aseguró con entusiasmo—. Te han sentado bien los años.

A él, también. Se le veía más curtido, algunas arrugas surcaban ya sus ojos, pero no había perdido ni un ápice de su atractivo. De pronto, todos los sentimientos del pasado regresaron como si nunca se hubieran marchado, como si yo aún tuviera diecinueve años y siguiera siendo su chica de ayer.

Nos sentamos sobre unas cajas a charlar y a fumar. Le conté que nos mudábamos pero evité confesarle los motivos, no me parecía el momento adecuado para revelarle mis desavenencias familiares.

—Tenemos que ponernos al día, hace mucho que no sabemos nada el uno del otro —dijo.

Y eso hicimos las horas siguientes. Regresamos a las calles del barrio de Malasaña. Comimos en una pizzería de la Plaza del Dos de Mayo, tomamos café en el Comercial y nos acercamos a la fuente de la Fama. Después de tantos años, regresábamos al punto de partida; pero el barrio, la fuente y nosotros mismo habíamos cambiado demasiado.

—Después de que tú te marcharas, la fuente sufrió tanto como el barrio —le expliqué—. La llenaron de pintadas, de suciedad, le quitaron la trompeta a la estatua y se convirtió en refugio de vagabundos y drogatas. La gente escalaba por sus piedras y el agua se convirtió en basura. Luego, para protegerla, pusieron una valla alrededor y la restauraron. Nunca más podremos sentarnos junto a los peces de piedra.

Sonó como una sentencia. Por mucho que me empeñara, nuestro tiempo había pasado, aunque mis sentimientos amenazaran con devolverme los mismos desengaños. Lo que entonces nos parecía diversión y novedad, había acabado convirtiéndose, para algunos, en un mal sueño cuando no en una trampa mortal.

Miramos la fuente desde lejos, agarrados a los barrotes de hierro, y no supe descifrar si los peces me sonreían o no.

Una melancolía espesa me invadió y dejé que fuese Santi quien hablara a partir de ese momento. Me contó que llevaba varios meses trabajando para un importante periódico, con un contrato fijo. A punto estuve de quejarme: ¿Por qué no había ido antes a visitarme? Era evidente que, en todos aquellos años, habría pasado por Madrid más de una vez y no había intentado localizarme. Se le veía feliz, regresaba de forma definitiva a su ciudad y con los sueños cumplidos. Londres había sido una experiencia definitiva: aseguraba que había aprendido y crecido como persona y como profesional. Me pareció, igual que años atrás, el hombre perfecto y también el padre ideal. Una idea empezó a fraguarse en mi mente casi desde el instante mismo en que apareció en la puerta de casa.

Yo le conté, sin demasiados detalles, que había seguido sus consejos: que me había convertido en una enfermera profesional y que escribía en los ratos libres. Él se alegró mucho:

—Estaba seguro de que saldrías adelante y encontrarías tu camino. Y también sabía que él lo iba a tener más difícil...

—¿Manu?

Había evitado peguntar por él, estaba convencida de que Santi sabría más que yo y me preocupaba la respuesta.

—Pasó una época muy mala —contó—. *Estuvo enganchado hasta el límite. Su madre le convenció para que ingresara en un centro de desintoxicación y logró recuperarse. Pero ahora ha sufrido un golpe duro: su madre ha muerto.*

—¡Doña María! —me sobrecogió la noticia—. *Estará hecho polvo.*

—Quiere verte —soltó muy serio.

De pronto me di cuenta del motivo de su visita: Manu me reclamaba y sabían los dos que yo acudiría, inmediatamente y sin rechistar, si Santi me lo pedía.

—He quedado con él mañana por la tarde en el Café Comercial...

—Y no puedo faltar ¿verdad? —corté—. *Crees que lo abandoné cuando tú te marchaste ¿no es cierto?*

—Te estás acusando tú sola. Cada uno es dueño de su propia vida, Manu no era tu responsabilidad, ni la mía —aseguró.

—Pero nos necesitaba y no estuvimos a la altura —sentencié—. *A veces me pareces tan frío... ¿No te das cuenta de que las cosas que haces o dejas de hacer influyen en los demás? Tu vida no es solo tuya, Santi. Los amigos también formamos parte de ella.*

—Quizá tengas razón —cedió, por primera vez desde que nos conocíamos—. *Siempre me he implicado poco en los problemas de la gente, es algo que quiero cambiar pero no sé muy bien cómo hacer.*

—No seas de piedra, como los peces —recordé en voz alta.

—Voy a intentar ayudar a Manu en lo que pueda —aseguró—. *Espero que no sea demasiado tarde. Y a ti...*

Abrió la mochila y sacó una carpeta, era la misma que llevaba por las noches a los garitos que frecuentábamos a principios de los ochenta. Me conmovió reconocerla, había formado parte de nuestras vidas.

—Te he traído unos dibujos de entonces, creo que te gustará guardarlos. Fue una época muy intensa y tú estuviste a mi lado siempre, hasta cuando me encontraba enfermo y venías a cuidarme. Es mi manera de darte las gracias.

Ahí estaban La Vía Láctea, el Pentagrama, la Plaza del Dos de Mayo, el Rock-Ola y nuestra fuente de la Fama. Recordaba aquellos dibujos pero me asombraron como si los viese por primera vez. En el ángulo inferior derecho había dibujado un pez sonriente, como los de la fuente. La sonrisa de los peces de piedra era su firma, la señal de un tiempo que nos unió y marcó nuestras vidas.

—Eres un artista —suspiré—. Muchas gracias por el regalo. Tu propia vida es tu obra de arte ¿recuerdas cuando me decías eso? Ahora sé cómo convertirla de verdad en una obra de arte.

Sin atreverme a mirarle a los ojos, le conté mis planes de ser madre y le pedí que fuera él el padre de mi hijo. Ese era el mejor regalo que me podía hacer.

Cuando levanté la vista del suelo, Santi me besó en la frente y me abrazó.

—Serás una madre estupenda —dijo sin dudar.

—…

Ahí acababa la historia. Mi madre había trazado una línea horizontal después de la última frase. Era como poner FIN al relato, pero el desenlace no me convencía del todo. Faltaban respuestas. Parecía claro que Santiago Muñoz era mi padre; pero no entendía por qué, después de haberla dejado embarazada, había desaparecido del mapa. No le pegaba, no conocí al padre de Ángela pero no era su estilo. Una cosa es ser un espíritu libre y otra tener un hijo con tu mejor amiga de la juventud y luego pasar de ellos, de la madre y del hijo. ¡Y encima pedirle matrimonio a tu novia en medio de todo este marrón! Porque eso era lo que me había contado Ángela que sucedió. Ella y yo nos llevábamos pocos meses, así que Santiago Muñoz se había comprometido con su mujer en el cementerio de San Isidro justo después de que yo hubiera sido concebido. ¡Para matarlo!

El sonido de la llave en la cerradura me anunció que mi madre llegaba y con ella la hora de la verdad.

—He bajado a comprar al supermercado. Esta noche tengo guardia, me iré antes de las once —dijo al entrar.

Yo me había plantado en medio del pasillo con el cuaderno entre las manos y cara de circunstancias. En cuanto me miró, lo comprendió todo.

—Quieres que hablemos de una vez ¿verdad? —preguntó—. Ya estabas tardando demasiado.

Dejó las bolsas en la cocina y nos sentamos allí mismo, donde desayunábamos todas las mañanas.

—Santi era un hombre maravilloso —dijo, como si necesitara convencerme de ello—. Yo le quise muchísimo.

Me cogió las manos y las apretó, para traspasarme su fuerza. Dudaba entre escucharla o empezar a bombardear con mis preguntas. Elegí lo primero.

—Él tenía una familia —intentaba justificar—. No era conveniente que nosotros nos interpusiéramos. Yo solo quería tenerte a ti, no necesitaba un marido a mi lado, aunque me habría gustado mucho que fuese él.

—Eres una madre estupenda —repetí las palabras de Santiago Muñoz, mi padre—. Ya sé que fuiste muy valiente, me criaste tú sola, pero me habría gustado conocerlo.

—Me costó mucho olvidarle —confesó— y ahora me doy cuenta de que contártelo me ha venido muy bien. Ha sido como poner punto final a esta historia.

—Nada de punto final —dije muy serio.

En ese momento sonó mi móvil, lo normal habría sido que no hubiese hecho caso. ¡Estaba en medio de la conversación más importante de mi vida! Sin embargo, tenía tal enganche al teléfono que, en cuanto escuchaba la musiquilla, no podía evitar responder.

—¡Es Ángela! —solté en voz alta, como si mi madre supiera de quién hablaba.

Creí que me llamaba para pedir explicaciones por mi espantada y no se me ocurría cómo justificarlo. Me daba miedo responder: ella debía de estar enfadada, triste y con ganas de matarme. Aun así, me encerré en mi cuarto y me dispuse a escuchar sus reproches. Una hermana merecía una explicación, pensé, pero no por teléfono ni en ese momento.

—Hola —dije como si no pasara nada.

—¿A qué estás jugando conmigo? —su voz sonaba fatal. De verdad, quería matarme.

—No juego contigo —intenté que sonara convincente.

—¿Quién eres, Jaime? —sollozó—. He hablado con mi madre cuando he llegado a casa, después de que me dejases plantada de mala manera. Le he contado la historia de los peces de piedra, esa de los dos pescadores que me contaste junto a la fuente. Me dijiste que te la habías inventado tú. Pues resulta que se la inventó mi padre hace muchos años. Mi madre se la sabía, ¿por qué te la sabes tú también?

—No se la inventó tu padre —dije—. Es largo y complicado de explicar...

—¡No seas imbécil, Jaime! —me escupió—. No quiero escuchar tus explicaciones. Me has tomado el pelo, no sé con qué intención. Ya me da igual. ¡Déjame en paz! No quiero saber nada más de ti.

Y colgó. La bomba me había explotado en la cara, los caminos se habían cruzado, había aparecido un cabo suelto que se había enredado en mi cuello. Era de esperar, en algún momento asomaría algo que yo sabía y ella también. Eso me pasaba por hablar demasiado. Solo la verdad podría abrir un hueco de luz en aquel despropósito.

Regresé a la cocina, donde mi madre seguía en la misma postura, con la mirada perdida en algún lugar del pasado y los brazos cruzados a la altura del pecho. Estaba tan angustiado como si me encontrase en lo más profundo de un pozo. Ángela me había echado de su vida y la idea de no volver a verla me parecía más terrible que cualquier otra cosa.

—Tenías que habérmelo contado antes —le reproché—. No tienes nada que ocultar, no es ninguna vergüenza. Él fue quien se portó mal desentendiéndose de nosotros.

—Tu padre nunca lo supo.

Sus ojos se empañaron y volvió a cogerme las manos. Yo intentaba comprender cómo había llegado hasta ese punto, qué camino extraño había recorrido desde que vi las cáscaras de pipas en la tumba de un desconocido. Las imágenes de aquellos escasos meses junto a Ángela pasaron por mi cabeza a toda velocidad y, solo de pensar que no volverían a repetirse, me daban ganas de arrasar el universo. Pasara lo que pasase, nada podría ser como antes: a Ángela no le iba a gustar nada que fuésemos hermanos porque los hermanos no se besan en la boca.

—No me lo creo, mamá —salté, sacando todo el mal rollo que llevaba dentro—. Él conocía tus intenciones, ¿no te preguntó luego? No me creo que se acostara contigo y luego despareciera sin más. Y un embarazo no es algo fácil de disimular.

—Madrid es una ciudad muy grande... no volvimos a vernos —respondió con los ojos llenos de lágrimas a punto de caerse.

—Esto es muy serio y no solo nos afecta a ti y a mí —tenía que contárselo todo.

—Santiago está muerto, ya no podrás conocerlo. Siento que haya sido así pero se acabó —zanjó.

Tomé aire como si fuese a correr los mil metros en diez segundos y me preparé para ver la cara que se le iba a quedar a mi madre.

—No se acabó —solté—. He conocido a su hija Ángela, es la mejor persona que me he encontrado...

—¿Cómo dices? —saltó asustada—. ¿Dónde la has conocido? ¿Miraste el número de teléfono en mi móvil? ¿Pero... cómo...?

—Fui al cementerio y ella estaba allí, en la tumba de su padre. Es una larga historia.

—¿Te has enamorado de ella? —no sé porqué hizo esa pregunta, pero ahí estaba la clave del problema.

—Yo suponía que éramos hermanos, pero ella no. No le he dicho quién soy. Nos hemos hecho muy amigos y tiene que saber lo que pasa, no puedo seguir ocultándoselo —el tono de mi voz era cada vez más alto—. He hecho daño a Ángela con esta mentira y ella no se lo merece. Ahora no sé si voy a poder arreglarlo.

—No le digas nada —me ordenó, al mismo tiempo que las lágrimas empezaron a resbalar por su cara—. Ella no debe saberlo.

—Es lo único que puedo hacer para recuperarla —dije convencido—. Le conté la historia de los peces de piedra y resulta que su madre también se la sabía.

—Hace tiempo que esos peces dejaron de sonreírme —murmuró.

—Pues, cuando estoy a su lado, a mí sí me sonríen.

De pronto comprendí el secreto de esa sonrisa. Los peces de piedra me habían abierto los ojos y lo que vi me daba vértigo.

—Tienes que alejarte de ella —mi madre lo había entendido bien.

No respondí. Di media vuelta y salí de la cocina en dirección a la puerta de la calle, una fuerza imparable me empujaba. Ni siquiera me despedí.

—¡No le cuentes esto, Jaime! No sabes...

El portazo me impidió escuchar el resto de la frase. Salí corriendo hacia el metro, pensé que sería lo más rápido para llegar a casa de Ángela. Ella no respondería a mis llamadas, de eso estaba seguro, pero yo conocía su dirección y estaba dispuesto a quedarme quieto en la puerta hasta que ella apareciera.

La verdad, aunque doliera como una picadura de avispa, no podía esperar.

XXI. VERDADES QUE DUELEN COMO ESPINAS

De camino llamé a Ángela varias veces pero, como imaginaba, ni cogía el teléfono ni respondía a mis mensajes. Sabía cuál era el portal de su casa porque un día, que me parecía tan lejano como la fecha de mi comunión, me dejó plantado allí mismo, sin darme siquiera un beso de despedida.

Me senté a espiar, a las ocho de la tarde más intensa de mi vida, esperando el momento en que saliera de su casa. Confiaba en que ocurriese antes de la hora de ir a clase, al día siguiente. En ningún momento se me pasó por la cabeza qué iba a hacer si daban las doce de la noche y ella no aparecía.

Me alegré cuando vi que había un banco estupendo cerca del portal, desde el cual se vigilaba perfectamente quién entraba o salía del edificio. Durante la hora larga que permanecí allí sentado repasé las palabras que iba a decirle, pero siempre me sonaban a excusa ridícula. «Verás, resulta que tú y yo somos hermanos pero no te lo había dicho antes porque no me parecía importante». Uf, así no podía ser. «Mi madre no me había contado quién era mi padre hasta hace un rato y resulta que... es el mismo que el tuyo». Se podía desmayar de la impresión, esto sí que era una auténtica anagnórisis, o como se dijera: Ángela iba a descubrir de pronto que tenía un nuevo hermano. Nada menos que el mismo chico al que había intentado besar un rato antes. Una anagnórisis de infarto.

Se me paró el corazón cuando la vi salir del portal acompañada de un chaval que debía de ser su hermano y que llevaba un perrillo de paseo. Me lancé como un loco hacia ellos y, en cuanto me vio, se quedó parada como si los pies se le hubieran pegado al suelo.

—¿Qué haces aquí? —preguntó con cara de susto.

—Tengo algo que decirte.

—Supongo, pero no sé si quiero escucharte.

Jacobo se me quedó mirando con los mismos ojos azules de su hermana. Los dos se parecían mucho: el color de la mirada, la estatura, el óvalo de la cara, hasta un lunar oscuro en el cuello. Yo no me parecía nada a ellos, por muy hermanos míos que fueran: ni ojos azules ni carita ovalada ni lunar. Ni siquiera se me daba bien dibujar y seguro que ese chaval de diez años pintaba como Velázquez.

—Jacobo, ve hacia el parque con Ares. Ahora voy yo —ordenó a su hermano con la intención de que no escuchara la conversación.

—Verás... —tartamudeé en cuanto nos quedamos solos—. La mujer de la foto de los peces...

—Es tu madre —me cortó—. ¿Por qué no me lo dijiste cuando te la enseñé?

Me quedé más de piedra que los dichosos peces de la fuente.

—¿Cómo lo sabes? —pregunté, desconcertado—. ¿Te lo ha contado tu madre?

—No, ya te dije que ella no la reconoció.

—¿Entonces? —yo no entendía nada.

—He encontrado otra foto de la misma mujer, con un hombre que se parece muchísimo a ti y que debe de ser tu padre. ¿De qué conocían tus padres al mío?

—¿Mi padre?

Entonces entendí qué era una anagnórisis: lo que yo sentía en aquel momento: una especie de vértigo, de revelación. Era como si el mundo se volviera del revés para enseñarme lo que ocultaba debajo, como abrir a la vez cien regalos de navidad, como si recuperase la visión después de años de ceguera. Las palabras no salían de mi boca porque se amontonaban a la altura de la garganta y las lágrimas también esperaban su turno.

—¡Ángela! —intenté pronunciar, aunque creo que solo me salió una especie de gruñido.

La agarré por los hombros y ella se asustó porque mi cara debía de ser todo un poema.

—¡La foto! ¡Enséñame la foto! —le pedí con urgencia.

—No la tengo aquí —dijo con miedo.

—¡Mándamela, enseguida! ¡Por favor!

La abracé con fuerza pero ella se quedó con los brazos abiertos, rígida como un palo, aguantando el temporal, sin comprender qué me pasaba.

—¡Gracias!

Y salí corriendo en dirección al metro. Esa tarde debí de batir mi propio récord de velocidad en ciudad. Antes de llegar a la boca del metro de Pirámides, decidí que la ocasión bien merecía coger un taxi que me dejara en casa antes de que mi madre se fuera a trabajar.

Llegué temblando como un flan. Intentaba ajustar la pieza que Ángela acababa de ofrecerme en el relato que me había escrito mi madre. Me di cuenta de que podía encajar a la perfección si mi madre me contaba el resto, la parte de la historia que faltaba: lo que pasó después de la línea horizontal que había trazado en el cuaderno para entregarme un final de mentira.

Aún no se había marchado cuando llegué. Continuaba en la cocina, no se había movido. Enseguida me di cuenta de que sí se había movido: sobre la mesa estaba el cuaderno y, al lado, el bolígrafo con el que había escrito lo que me faltaba por saber. Estaba seguro de que ahí dentro, en la página siguiente, se encontraba la verdad, toda la verdad y nada más que la verdad.

—Ángela no es mi hermana porque Santiago Muñoz no es mi padre —dije como si ella no lo supiera.

—¿Quién te lo ha dicho? Nadie más sabe... —murmuró.

—Tú sabes perfectamente quién es mi padre, quiero que seas tú quien me diga su nombre —le pedí.

—Perdóname —me rogó—. Espero que seas maduro como para comprenderme. No sé si es demasiado pronto para que conozcas la verdad.

—Mamá, ya no soy un niño.

Sentí que mis palabras eran verdad, mucho más verdad que unas semanas antes cuando pronuncié esa misma frase. Ya no era el mismo, había crecido aunque siguiese midiendo uno ochenta y dos. Ella había contribuido al proceso con el relato sincero de sus recuerdos, sin ahorrarse el mal ejemplo que podría suponer para mí. Las confidencias que había ido escribiendo me habían hecho crecer, porque no estaban pensadas para que las leyera un niño. Ángela y su padre también eran responsable del cambio: me habían enseñado a ver la vida de otra manera, a mirar el mundo con otros ojos. El mundo es de los valientes. Hasta los cementerios me parecían más sugerentes que cuando pisé el de San Isidro por primera vez.

Me tendió el cuaderno en el que acababa de escribir el final real de su confesión. No me cabía duda.

—No quiero leerlo yo, quiero que me lo leas tú.

—Tenemos tiempo —me dijo—. He llamado a Lucía para que me sustituya en la guardia de esta noche en el hospital, le he dicho que era un asunto serio.

Antes de empezar a leer me tendió el último dibujo de Santiago Muñoz que conservaba. Era la fuente de los peces de piedra.

Sentado frente a mi madre me dispuse a escuchar una revelación dolorosa. Pero la verdad no tiene remedio y los dos necesitábamos enfrentarnos a ella de una vez y para siempre.

XXII. MADRID ME MATA

—*S*erás una madre estupenda, pero yo no puedo ser el padre de tu hijo —balbució, inseguro—. Te agradezco que confíes en mí de esa manera, es una prueba enorme de cariño.

—No te voy a pedir responsabilidades —insistí—. No tendrás que ejercer de padre si no quieres...

—Lo siento, Julia. Tengo una pareja, estamos juntos desde hace un tiempo —cortó—. No creo que nos casemos ni que tengamos hijos, ya sabes que soy un espíritu libre, pero le debo un margen de fidelidad. Si tuviese hijos algún día, sería con Mila.

Comprendí, para mi desolación, que su regreso no significaba que le hubiera recuperado, sino la certificación de que lo había perdido para siempre. «Nada es igual», me repetía el estribillo de la canción. Nada fue igual, nunca más.

Nos despedimos con un abrazo triste y quedamos para el día siguiente en el Café Comercial a las seis, donde nos habíamos citado con Manu. Santi no acudió. A pesar de que él conocía mi nueva dirección y mi teléfono tardamos unos cuantos años en volver a vernos. La distancia se volvió infinita, aunque vivíamos en la misma ciudad.

Aquellos peces de piedra jamás volvieron a sonreírme.

—Ya sabes que Santiago Muñoz no es tu padre —interrumpió la narración y levantó la vista del cuaderno para mirarme—. ¿Quieres que siga leyendo o te basta con eso?

Negué con la cabeza. No era suficiente, ya no era posible cerrar la grieta. Mamá tenía miedo, se notaba en su cara, pero nada podía ser peor que aquella incertidumbre.

Convencida de que yo no cedería, de que no iba a levantarme de la silla de la cocina hasta que ella no acabase, mi madre continuó leyendo:

Nos habíamos citado a las seis en el Café Comercial, pero eran y media y ninguno de los dos había acudido. Me puse tan nerviosa que no dejaba de mirar por la cristalera y me parecía que las agujas del reloj no avanzaban o que corrían muy deprisa. Era habitual en Manu llegar tarde, pero Santi era muy puntual. Enseguida deduje que Santi no acudiría, que me había tendido una especie de trampa para que Manu y yo nos encontrásemos a solas. Un rencor incontrolable empezó a brotar de lo más profundo de mis sentimientos.

De pronto vi entrar a Manu por la puerta giratoria del café; como había previsto, venía solo. Enseguida me localizó en una de las mesas junto al ventanal. Cuando se plantó frente a mí me percaté de lo que el tiempo y la mala vida habían hecho con su cuerpo. Extremadamente delgado, vestía una camisa que le quedaba ancha, de manga larga, posiblemente para tapar las marcas de los brazos. Las ojeras surcaban sus ojos con una huella negra. Parecía que en lugar de quince años le hubieran pasado treinta por encima, como una apisonadora implacable.

—Julia —intentó sonreír pero solo le salió una mueca extraña.

Me levanté para abrazarlo y sentí su cuerpo como el de un pajarillo asustado.

—Estás preciosa —añadió—. Como siempre.

—Siento mucho lo de tu madre...

—Ya te habrá contado Santi. Ha sido terrible. Ahora que ya me encontraba mejor... He pasado unos años complicados —confesó—. Lo de la productora discográfica no salió bien, perdí mucha pasta. Además, me pasé un poco con las drogas. Pero ya lo he superado.

Me daba la impresión de que se engañaba a sí mismo.

—Lo mejor es que Santi ha vuelto, ahora que tanta falta me hacéis. Sobre todo tú. No sabes cuánto te he echado de menos —suspiró.

—¿Por qué no me buscaste? No me he movido del barrio —le dije.

—No lo sé.

Sí lo sabía: el alcohol y las drogas te impiden pensar en otra cosa. Manu no se había acordado de nadie en los últimos años, solo de beber y colocarse. Les pasó a muchos: empezaron como un juego, no pensaron en las consecuencias y luego no supieron salir.

—Háblame de ti —dijo cogiéndome las manos—. Santi me ha contado que eres enfermera.

Le resumí lo que había sido mi vida en los últimos quince años y luego repasamos nuestros recuerdos de los 80. Para él todo estaba tan vivo que parecía que su vida se había detenido en 1983. Pasé una tarde agradable, Manu seguía siendo cariñoso y divertido, aunque una pátina de melancolía velaba sus ojos y a cada rato suspiraba.

—¿Sabes que La Paca murió de sida? —me contó—. Fue hace tres años. ¿Te acuerdas de él?

Cómo no recordar a aquel travesti deslenguado y excesivo que adoraba a Manu y le tiraba los tejos con cualquier excusa.

—Cuando llegó toda esta mierda del sida, las sobredosis y las muertes por excesos me di cuenta de que, como creíamos, solo se vive una vez —sentenció.

—Solo se vive una vez —repetí—. Pero hubo quien quiso vivirlo todo en tres años.

—Este Madrid me mata.

Nos miramos. Una tristeza infinita se reflejaba en su rostro ajado. Sentí ganas de llorar por él, por el tiempo perdido, por lo que pudo ser y no fue, porque Santi nunca me quiso, porque Manu siempre me quiso.

—¡Echo tanto de menos a mi madre! Me cuesta encerrarme solo en esa casa cada noche, sin ella.

Recorrimos los mismos bares que había visitado con Santi el día anterior pero bebimos mucho más. Tanto que, cuando nos cerraron el último, los dos nos tambaleábamos de manera considerable.

—No me dejes esta noche —me pidió—. No puedo dormir solo en ese caserón.

En aquel momento lo decidí. Santi no había querido ser el padre de mi hijo y, además, me había preparado una encerrona con Manu. Ya tenía a un padre dispuesto: Manu llevaba toda la vida deseando acostarse conmigo y aquella noche lo iba a conseguir.

A la mañana siguiente desaparecí de la casa antes de que él se despertase, sin despedirme siquiera. No le dije nada, no le expliqué mis planes y no contesté a sus llamadas las semanas siguientes. Nos mudamos de casa en esos mismos días y por eso Manu tampoco logró localizarme allí, en caso de que fuera en mi busca. Le corté todas las posibilidades de encontrarme. Tampoco supe nada de Santi hasta que, más de un mes después, comprobé que estaba embarazada.

Fue esa misma tarde cuando recibí la llamada de Santi:

—Manu ha muerto, de una sobredosis —su voz temblaba—. Me lo he encontrado en su casa, tirado en el suelo, inmóvil. ¡Le he fallado, Julia!

Colgué el teléfono, espantada. No quise saber más. Quien de verdad había fallado era yo. Si me hubiera quedado al lado de Manu, si él hubiese sabido que iba a ser padre, si le hubiera embarcado conmigo en la aventura de la paternidad quizá le habría rescatado para la vida. No lo hice y esa culpa me acompañará siempre. Manuel Díez del Valle me amaba de verdad, me amó siempre y yo no supe corresponderle. Por eso no podía contarte la verdad. ¿Cómo contarte que tu padre había muerto de sobredosis, sin saber siquiera que yo estaba esperando un hijo suyo? ¿Cómo decirte que aquel no era el hombre que yo habría elegido? Si Santi hubiera aceptado, todo habría sido más fácil.

El tiempo volvió a pasar, esta vez más deprisa aún porque tú lo llenabas todo con tu presencia. Me encontré con Santi solo una vez más en mi vida. Fue en la manifestación contra la guerra de Irak, en 2003. Yo te llevaba en la sillita para que no te cansaras. Quise acudir contigo y me alegré: había muchas familias con niños y el ambiente era festivo. Pensábamos que con nuestra fuerza detendríamos la barbarie. Nada más lejos de la realidad, los gobernantes ignoraron nuestra voz y aquella guerra injusta siguió adelante, con sus terribles consecuencias.

Me sorprendió ver allí a Santi, con una niña subida en los hombros y al lado de una mujer. Me saludó muy amablemente y me presentó a Mila. Solo hablamos unos minutos.

—Es Ángela —dijo señalando a su hija—. Veo que tienes un chaval.

—Sí, se llama Jaime. Su padre no ha podido venir y yo no me lo quería perder —mentí.

Comprobé que más o menos tendríais la misma edad pero evité preguntarlo por si Santi ataba cabos y deducía que aquel niño era el que yo deseaba tener cuando Manu murió. Mentí para que se quedara tranquilo, para que pensara que yo había logrado todos mis sueños y para que creyera que él ya no cabía en mi vida. Lo alejé de mí, conscientemente y para siempre.

Por lo visto, Santi había dejado de ser el espíritu libre que rechazaba mis propuestas para convertirse en un padre de familia normal. Indudablemente, yo no era la persona adecuada. La evidencia me concedió la posibilidad de arrinconar los recuerdos, de cerrar mi historia imposible con él. De verdad pensaba que le había olvidado del todo. Hasta que Mila me comunicó su muerte y yo busqué su tumba en el cementerio de San Isidro, donde la herida volvió a abrirse. La única manera de cerrarla era que supieses la verdad, pero la verdad da miedo cuando esconde un velo de culpa. Y yo me sentía culpable de haber abandonado a Manu, de haber dejado morir a tu padre.

Por eso te hice creer que Santiago Muñoz era tu padre, pensé que sería fácil cambiar un nombre por otro, en realidad, los dos formaban parte del mismo capítulo de mi vida, cualquiera de los dos podía haber sido tu padre y yo le habría elegido a él. Era una verdad a medias y pensé que con eso valdría. No conté con que el destino juega con las cartas marcadas y con que tú no te conformarías con una versión incompleta. El destino es caprichoso y nos llevó delante de la tumba de Santi para que te encontrases allí con Ángela. En realidad, ha sido la mejor forma de cerrar este círculo. Si ella y tú consolidáis una hermosa amistad, la historia de nosotros tres cobrará un nuevo sentido.

Quizá aquello pasó para que ahora ocurra esto entre vosotros.

Cuando acabó de leer, cerró el cuaderno y bajó la vista como si no se atreviese a mirarme. Y yo no era capaz de hablar, ¿qué se dice después de que te enteras del nombre de tu padre? No había tenido tiempo de procesarlo. Seguramente me surgirían un millón de preguntas pero no en ese momento, siempre fui lento de reflejos.

—¡Cómo decirte que tu padre era un drogadicto a quien yo misma dejé tirado! —sollozó.

Acerqué la silla y la abracé. Un abrazo vale más que mil palabras y a mí, en ese momento, no me salía ninguna.

—Esa culpa me ha perseguido siempre. He pensado en Manu cada día. Cada vez que te miraba, lo veía a él. Sobre todo ahora que te has hecho mayor y te pareces muchísimo al hombre que yo conocí. Yo quería que fueses hijo de Santi, porque era el padre ideal —insistió.

—No lo era, mamá. Él tampoco lo era —aseguré.

—¿Cómo lo sabes?

—Porque su hija me ha contado muchas cosas sobre él. Entre otras, que no te había olvidado porque guardaba tu foto y porque se acordaba de las historias que le contaste. Él no era el padre ideal: no le dedicó a su hija todo el tiempo que ella hubiese querido. Pero tú sí eres la madre ideal, de eso estoy seguro.

Estuvimos un rato así, abrazados, ella llorando y yo también. Para qué voy a negarlo, ¿quién no lloraría en un momento como ese? Por fin sabía quién era mi padre, pero las posibilidades de conocerlo se reducían a cero. Sabía mucho sobre Santiago Muñoz y muy poco sobre Manuel Díez del Valle. Pensándolo bien, me di cuenta de lo que latía a lo largo de la narración de mi madre: yo no me parecía nada a Santi y bastante a Manú.

Encima de la mesa había un sobre azul, desgastado, que no había visto antes. Mi madre lo cogió y me lo dio como si me hiciese entrega de un tesoro. En realidad, eso era.

—En este sobre tienes lo único que conservo de tu padre. Aunque lo mejor que conservo de tu padre eres tú.

Lo abrí y saqué una cinta de casete, de esas antiguas que hace siglos que no se usan, y un colgante.

—En la cinta está grabada *Canción para Julia*, la que compuso para mí aquel lejano invierno de 1983 —me explicó—. Es la única copia que conservo y dudo que alguien más la tenga. No la he vuelto a oír desde entonces, me daba demasiada pena. Aunque me la sé de memoria, de tantas veces que se la oí cantar. En el aparato de música de mi cuarto podrás escucharla.

—Gracias, mamá —fue lo único que pude decir, no me salían las palabras.

—El colgante con el símbolo de la libertad me lo compró Manu en el Rastro, una de esas mañanas que recorríamos los puestos en busca de fanzines y revistas de segunda mano.

—¿Puedo quedármelo? —le pedí mientras me lo colgaba al cuello.

—Claro, es para ti. No lo pierdas.

—¡Descuida!

—Te apunté a clases de música porque sabía que a él le habría gustado, enseguida comprobé que habías heredado sus dotes musicales —me confesó—. Se habría sentido muy orgulloso de ti.

Las piezas encajaban: yo no sabía dibujar como Santi, lo que sabía era componer música, como Manu.

Sentado en la cama de la habitación de mi madre, escuché la voz de mi padre por primera vez. Era una voz potente y cálida, una voz joven que se lamentaba de un desamor. La versión original de *Canción para Julia* me acercó el eco lejano de alguien que siempre había formado parte de mi vida, sin que yo lo supiera. Lloré porque nunca podría abrazarlo, porque nunca escucharía a esa voz pronunciar mi nombre, porque nunca le vería mirarme y sonreír. A mi lado, mamá lloraba por lo mismo.

—¿No tienes ninguna foto de él? —pregunté.

—De ninguno de los dos —se lamentó—. Es curioso que, siendo Santi fotógrafo, no conserve ninguna. Cuando él se largó a Londres, rompí alguna que tenía, de lo enfadada que estaba. Entonces no se hacían tantas como ahora que existen los móviles, no había esa costumbre de fotografiarlo todo. El único que lo hacía era Santi, pero no solía regalarlas.

Pensé en la foto que tenía Ángela y me di cuenta de que llevaba un buen rato sin mirar el móvil, por primera vez en mi vida. Lo miré y comprobé que me habían entrado varios mensajes; ni siquiera había escuchado el aviso, con tanta anagnórisis. Uno de ellos era de Ángela, me temblaron las manos cuando vi que era una imagen lo que me mandaba.

—¡La foto! —exclamé—. ¡Mamá, Ángela tenía una foto de vosotros dos!

—¿Cómo? —me miró estupefacta.

Tomé aire y la abrí. Aunque la pantalla del móvil no era muy grande, se les veía bien. Ella, con la misma sonrisa de siempre y él, con la misma cara que yo. Se me pusieron los pelos de punta, no me extrañaba que Ángela pensara que se trataba de mi padre, ¡éramos iguales! Entonces lloré más todavía.

—Mírale —dijo ella, más serena que yo, contemplando la imagen—. Tan guapo como tú. Tenía una boca con unos dientes perfectos, como la tuya, una nariz recta y una mandíbula muy varonil. Y esa cara de niño bueno que también has heredado.

—Habría sido un buen padre, si toda esa mierda de las drogas... —no llegué a completar la frase.

—Lo sé. Me quería de verdad, pero me di cuenta demasiado tarde. Siento que esto haya sido así —suspiró—. No creo que quede nadie capaz de hablarte de tu padre. Él no tenía más hermanos y tu abuela murió antes.

Mi abuela, doña María, la señora que iba al Teatro Real a escuchar ópera, era mi abuela. Seguí atando cabos, todos los que habían quedado sueltos después de saber la verdad.

—Manuel Díez del Valle también está enterrado en el cementerio de San Isidro —solté.

—¿Quién te lo ha dicho? —preguntó incrédula.

—Ángela. Su padre le pidió a su madre que se casaran el día del entierro de Manu —no pude decir «de papá»—. Me parece que tu propuesta y la muerte de su amigo le hicieron cambiar... un poco.

—Bueno —suspiró—. Entonces hay algo que aún podemos hacer.

XXIII. BANDA SONORA FINAL

Era sábado por la mañana, igual que el día que encontré las pipas en la tumba de Santiago Muñoz, el día que todo empezó a rodar como una piedra cuesta abajo. Antes de entrar al cementerio pasamos por las oficinas y nos informaron de que el panteón de los Díez del Valle se encontraba en la zona central, cerca de la entrada principal.

Avanzamos por el camino de cipreses en silencio, absortos. Habíamos comprado unas azucenas: las flores favoritas de mi abuela María, según decía mi madre.

—Es aquí —la voz de mamá me sacó de mis pensamientos, que siempre tenían que ver con Ángela.

Delante de nosotros había un panteón circular, como una tarta de cumpleaños. En el centro aparecía una enorme cruz, con un ángel que llevaba en sus manos una lira. Allí estaba el nombre de mi abuela, de los más largos de todo el cementerio, Dña. María Ruiz de Toledo y Álvarez de la Serena, junto al de su marido, D. Manuel Díez del Valle Torres. Al lado estaba mi padre: D. Manuel Díez del Valle y Ruiz de Toledo.

Nos quedamos los dos ahí quietos, sin saber qué hacer, por lo menos yo. No era capaz ni de rezar una oración. Era muy extraño eso de estar delante de la tumba de personas que no conociste pero que forman parte de tu familia. Solo se me

ocurrió canturrear *Canción para Julia* y mi madre, emocionada, me siguió. Era lo más auténtico que conservábamos de él.

En un rato, mamá dejó el panteón más limpio de lo que
había estado nunca. Se notaba que nadie iba por allí, pero a
partir de entonces ya habría una persona encargada de que lu-
ciese impecable: ¡mi madre y la limpieza! Las flores habían
quedado muy bien colocadas, a doña María le habrían encantado.

—Ahora nos acercaremos a la del abuelo —anunció mi
madre.

El pabellón dos, el hogar de Ángela durante semanas.

Sabía que los recuerdos me iban a asaltar a punta de pisto-
la. Dolía cuando me acordaba de ella: pensaba que la había
perdido para siempre y que jamás me perdonaría las mentiras,
por mucho que la asediase a la puerta de su casa. No me había
vuelto a escribir ni un solo mensaje, no contestaba a los míos.
Se había evaporado de mi vida y pensarlo me producía un ma-
lestar físico que me impedía hasta comer.

—Hay alguien sentado en la tumba de Santi.

Desde lo alto, mi madre la había visto antes que yo. Ahí estaba Ángela, de espaldas, sentada con las piernas cruzadas sobre la lápida, exactamente igual que la primera vez.

—Es ella —susurré porque me faltaban las fuerzas de la
emoción y de lo poco que había comido los dos últimos días.

—¿Quieres quedarte un rato con Ángela? —mi madre me
leyó el pensamiento.

Asentí con la cabeza porque casi no podía hablar de los
nervios.

—Me acercaré a la tumba del abuelo, aunque hoy no le he
traído flores.

—No creo que a él le importe —comenté.

—A él no, pero a mí sí —aseguró—. De eso se trata, hijo. Los muertos ya no están, pero viven en nuestro recuerdo. Es la manera de decirme a mí misma que no le he olvidado. Por eso he puesto azucenas en la tumba de tu padre.

Antes de empezar a bajar la cuesta, me dio un abrazo apretadísimo, seguido de cuatro o cinco besos. Después me dijo:

—Cuéntale a tu amiga que conservo unos dibujos de su padre. Creo que debería tenerlos ella ¿no te parece?

—Gracias, mamá —dije en nombre de los dos.

Me fui acercando con miedo a la espalda de Ángela y me preparé para recibir su rechazo y sus reproches. Ante ellos, solo me quedaba la verdad. Y la verdad me convertía en un mentiroso. Según descendía, una música tensa sonaba en mi cabeza. La banda sonora del final o del principio de mi amistad con Ángela comenzaba con unos acordes vibrantes, llenos de tensión.

—¿Qué haces aquí? —fue lo primero que dijo, sin mirarme y sin dejar de comer pipas.

—He venido a poner flores en la tumba de mi padre.

—No quiero hablar contigo, lárgate —soltó enfadada.

—Pues yo sí quiero y tengo mucho que decirte. No pienso moverme de aquí hasta que no te cuente todo —dije sentándome a su lado.

Extendí la mano para que me diese pipas, a ver si me tranquilizaba con el crac crac, y ella puso unas cuantas. Interpreté que era su manera de darme permiso para hablar.

—Necesito que me perdones. Hay algunas cosas que no te he contado porque me daba miedo o porque aún no las sabía del todo. Nunca he querido hacerte daño, pero necesitaba saber quién era mi padre.

Ángela me miró extrañada, como si estuviese tomándole el pelo. Se movió un poco hacia su derecha para alejarse de mi pierna, que tocaba levemente la suya.

—Te mentí, mi madre no es viuda. Cuando te conocí pensaba que Santiago Muñoz era mi padre.

Los ojos azules de Ángela estaban a punto de salirse de sus órbitas.

—¿Qué estás diciendo? —preguntó alarmada.

—Llegué a creer que éramos hermanos...

—¡Vaya estupidez!

Se alejó todavía más, estaba a punto de caerse de la lápida.

—¿Estás dispuesta a escucharme? —le pedí—. Es una larga historia y tú eres una de las protagonistas. Después decides si me perdonas o no pero, por favor, escúchame.

—¡Qué remedio me queda! Espero que lo que me cuentes sea verdad.

—Te lo juro —afirmé poniéndome la mano sobre el pecho—. Aunque te parezca mentira, te juro que lo que vas a oír es la pura verdad.

—Más te vale —me advirtió.

—El día que nos conocimos no fue por casualidad —empecé—. Había venido en tu busca. Bueno, en busca de la persona que comía pipas sobre la tumba de Santiago Muñoz.

Era difícil de narices contar aquello sin quedar como un idiota. Intenté recordar cada detalle del relato de mi madre, desde que conoció a Santi en La Vía Láctea hasta que este se negó a ser el padre de su hijo, pasando por la amistad de los dos con Manu y las vivencias de los tres en el Madrid de la movida, sin olvidarme de revelar el motivo por el cual Santiago Muñoz se había convertido en un adicto a las pipas de girasol.

No me interrumpió. Dejó de comer pipas en cuanto nombré a su padre y siguió con atención cada una de mis palabras. Le estaba ofreciendo la parte de la vida de Santiago Muñoz que ella desconocía: aquel hombre lleno de vida, enamorado de la fotografía y dispuesto a cualquier cosa por lograr su sueño era su padre, no el mío.

—Así que me acabo de enterar del nombre de mi padre y ha sido gracias a ti —aseguré—. Si no hubieras aparecido tú...

—¿Por qué no me lo contaste? —preguntó cortante.

—No he sabido la verdad hasta hace pocos días. Pensaba que podías ser mi hermana.

—¡Por eso mismo tenías que habérmelo dicho! —protestó.

—Me daba miedo —confesé—. No soy tan valiente como tu padre. Además, no habría sabido qué decirte. No me habrías creído y habrías salido corriendo. Sé que he sido un gallina y un mentiroso, ahora depende de ti. Si no me perdonas me iré ahora mismo y no me volverás a ver.

¡Menudo órdago acababa de echar! Confiaba en que me perdonase. Estaba tan convencido que, cuando habló, no me podía creer lo que dijo:

—¡Pues ya te puedes ir largando!

Me miraba muy seria, clavándome sus ojos azules como dos dardos envenenados. No me quedó más remedio que ponerme en pie y salir por piernas. No había dado ni tres pasos temblorosos cuando Ángela volvió a hablar:

—Parece que la historia de nosotros dos empieza y acaba en este cementerio.

Me giré, ella seguía sentada y había vuelto a comer pipas.

—Me hiciste quedar como una idiota el día que intenté besarte —dijo—. Eso no sé si te lo voy a perdonar.

—Lo siento. ¿Qué puedo hacer para que me perdones?

—Ya se me ocurrirá algo.

—¿Servirá que te dé los dibujos que hizo tu padre? Se los regaló a mi madre y ella quiere que los tengas tú. Están todos los sitios de las fotos: la Plaza del Dos de Mayo, La Vía Láctea, la fuente de la Fama…

Le cambió la cara, sabía que era lo mejor que podía ofrecerle. Ya no tenía dardos en la mirada, más bien parecían dos focos celestes.

—¿De verdad los tiene? ¿Dónde? ¿Los has visto? —preguntó ansiosa.

—Sí, son buenísimos y tienen su firma: un pez sonriente. Son tuyos, no te mereces menos.

Pensé que aquellos dibujos alejarían a Ángela del cementerio: si encontraba un motivo para recordar a su padre fuera de aquellas tumbas, no necesitaría sentarse allí a comer pipas y a leer a poetas románticos muertos.

—Gracias a ti sé cómo era Manuel —dije—. La única foto que hay es la que tú tienes.

—Te la daré.

—Imprimí dos copias en papel —le conté—. Una la ha puesto mi madre en un marco, en el salón de casa, y la otra, más pequeña, la llevo en la cartera. ¡Quién me iba a decir que tendría una foto de los dos! Todavía no lo he asimilado. La canción que compuse para ti, en realidad no es del todo mía —confesé—. La letra la escribió mi padre para mi madre, pero yo cambié el nombre de Julia por el de Ángela.

—La dichosa cancioncita —recordó—. Por culpa de la letra pensé que tú…

—Es tan buena como los dibujos de tu padre —corté para no profundizar en el tema—. La música es la mejor herencia que mi padre me dejó. Y también esta mandíbula cuadrada, este hoyuelo en la barbilla, esta nariz recta y estos dientes perfectos que son la envidia de mis amigos porque apenas tengo que sufrir al dentista —bromeé.

—Hay que reconocer que eres tan guapo como él.

—Tú también lo eres. Le he enseñado tu foto a mi madre, dice que eres muy guapa, que tienes los mismos ojazos que tu padre —le conté.

Nos miramos y ya no vi a la misma Ángela que antes. Ya no era la hija de Santiago Muñoz, su padre quizá también el mío. Era una chica preciosa con la que me llevaba de cine.

—Mi madre dice que quizá aquello les pasó para que ahora nos ocurra esto a nosotros —dije—. Eso le daría sentido a lo que vivieron juntos.

—Entonces, no me queda más remedio que perdonarte —suspiró—, aunque no te lo merezcas. Pensaré que mi padre quería que te buscara y tú has salido a mi encuentro.

—A lo mejor las fotos las hizo para eso, para que buscases los dibujos y, de paso, nos encontrases a mi madre y a mí —aventuré.

—Eso nunca lo sabremos. Aunque sería una bonita historia, como esas que inventaba tu madre, como la de los peces de piedra. Tenemos que volver —pidió.

—¿Adónde?

—A la fuente de los peces de piedra. Quiero ver cómo sonríen.

—¿A ti también te sonríen?

—Solo cuando voy contigo —confesó—. Ayer estuve allí y no sonreían, me pareció que tenían un gesto raro, como cara de asco.

Estaba claro cuándo y porqué sonreían. ¿Lo sabría alguien más en Madrid aparte de nosotros dos y mi madre? Deseé que mamá volviese a ver la sonrisa de los peces de piedra alguna vez más en su vida. Y si era pronto, mejor. Cuando regresáramos juntos Ángela y yo, nos estarían esperando con una sonrisa de oreja a oreja, en el caso de que los delfines mitológicos tuviesen orejas.

Ángela se fue acercando a mí los mismos centímetros que se había ido separando antes, hasta que nuestras piernas volvieron a tocarse, y me cogió de la mano. Mi cuerpo no se lo esperaba y empezó a temblar sin contar conmigo.

—Quedaría fatal que te diese un beso encima de una tumba —conseguí decir sin tartamudear.

—No creas que te lo voy a poner tan fácil —respondió haciéndose la enfadada.

Tiró de mí y nos levantamos. Salimos de la mano, caminando entre lápidas y cipreses.

—Ya te dije que los cementerios eran muy románticos —rio.

En mi cabeza sonaba una música celestial, la banda sonora más alegre que había compuesto en mi vida.

MAPAS

Barrio de Malasaña

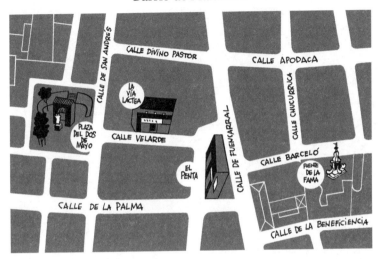

Zona de Avenida de América

AGRADECIMIENTOS

A *Javier Olivares, Santiago Isla, Ricardo Blázquez, Luis Enrique López, Javier Pizarro, Miguel Candeira y Daniel Pastor, que creyeron en esta historia desde el principio y me ayudaron a convertirla en realidad.*

ÍNDICE

En este link encontrarás una *playlist*
de Spotify con las canciones que aparecen
a lo largo de la novela:

anayainfantil.es/lasonrisa_musica